Andre Mairock

Der Alpenkönig

Andre Mairock

Der Alpenkönig

Roman

rosenheimer

Neu bearbeitete Ausgabe

Bearbeitung, Lektorat und Satz: Pro libris Verlagsdienstleistungen, Marbach am Neckar

Titelfoto: Hubert Neubauer, Gleisdorf
Druck und Bindung: freiburger graphische betriebe
Printed in Germany

ISBN 3-475-53343-X

1

Über das Gebirge zogen weiße Föhnwolken. Wochenlang hatte winterlicher Dunst den gewaltigen Alpengürtel eingehüllt und fast unsichtbar gemacht; nun traten plötzlich die Berge zum Greifen nahe heran.

Föhn! Die Menschen in der Gegend wussten, welche Gefahr das für Unerfahrene und Leichtsinnige bedeuten konnte. Der weiße Tod drohte durch Schneebretter, durch Grundlawinen und durch die entfesselten Fluten der Wildbäche.

Es war am Nachmittag eines Februartages. An der Kreuzalphütte, die hoch am Berg, von einzelnen Wettertannen gegen Wind und Schneegestöber geschützt, auf einer frei hängenden Kanzel lag, stand die Tür offen. Der Hüttenwirt, ein noch junger, stämmiger Bursche, der erst im vergangenen Sommer zusammen mit seiner Schwester aus dem Tannheimertal zugezogen war und die Hütte in Pacht genommen hatte, stand davor und schaute mit unruhiger Miene hinaus.

Am Mittag waren die Skifahrer, die einige Zeit bei ihm zu Gast gewesen waren, abgezogen, denn nach dem Wetterbericht, den sie im Radio gehört hatten, wollten sie lieber ins Tal entkommen, bevor die Pracht der Winterwelt sich unter dem Ansturm des Föhns auflöste.

Der Hüttenwirt war nicht deswegen bekümmert, weil er nun aller Voraussicht nach einige Zeit ohne

Gäste sein würde; das hatte er zwischendurch einmal sehr gern, zumal er den ganzen Winter hindurch in dieser Hinsicht nichts zu klagen gehabt hatte.

Aber er ängstigte sich um seine Schwester, die vor einigen Stunden zur Schönbuch-Alm aufgebrochen war. Der Weg dorthin war im Sommer bequem und führte über die Berghöhe hin – mit einem herrlichen Ausblick auf die Lechtaler Felstürme – und dann über das Mädelejoch in ein wildromantisches Hochtal hinein. Aber im Winter, auch wenn man mit den Skiern umzugehen verstand, war der Weg nicht ganz ungefährlich. Er machte sich immer Sorgen, wenn Luzie so unbekümmert in die Winterlandschaft hinausfuhr.

Und heute lag Föhn über den Bergen! Hoffentlich kehrte sie heim, ehe es wirklich gefährlich da draußen wurde!

Er rechnete die Zeit nach und sagte sich, dass sie eigentlich schon zurück sein könnte. Aber sie hatte wohl noch einen Abstecher gemacht und eine zügige Abfahrt gesucht, denn Skifahren war ihre Leidenschaft.

Lange stand Richard Böhmer, der Hüttenwirt von der Kreuzalpspitze, vor der Tür und schaute hinauf zu dem weißen Berg – in Erwartung des jungen Mädchens. Er hörte bereits das Grollen und Glucksen erwachender Wildbäche und vernahm das Rauschen des Windes in den Wettertannen.

Wenn sie doch endlich heimkommen würde! Wie lange mochte es noch dauern, dann würden die ersten Grundlawinen niedergehen?

Da hörte er plötzlich einen Ruf.

Am Steilhang, auf dem Weg, der ins Tal führte, klomm die hünenhafte Gestalt eines jungen Mannes empor. Er schlug mit den Skiern eine Stiege in den Schnee und kletterte behände den Berg herauf.

Ein markantes, frisches Gesicht mit ein paar dicken Schweißperlen auf der Stirn wurde unter der Mütze sichtbar.

»Auf wen wartest du, Richard? Auf mich?«, lachte der junge Mann dem Wirt entgegen.

»Bruno! Dich habe ich heute nicht erwartet bei dem Föhn!«

»Warum nicht? Ich bin doch gleich wieder drunten, wenn es ernst wird!«

»Die Luzie ist zur Schönbuch-Alm gefahren, und sie kommt und kommt einfach nicht heim! Ich fange an, mir Sorgen zu machen, und habe mir gerade überlegt, ob ich nicht nach ihr suchen soll ...«

Richards besorgter Miene war anzumerken, wie bitter ernst es ihm dabei war. Bruno konnte nicht umhin, Richards Besorgnis zu teilen. Mit dem Föhnwetter war nicht zu spaßen.

»Soll ich sie suchen gehen?«, schlug er vor.

Richard schien ein Stein vom Herzen zu fallen vor Erleichterung.

»Wenn du das tun könntest, Bruno! Ich wäre dir aufrichtig dankbar! Du bist viel sicherer auf den Brettern als ich selbst und kennst die Gegend viel besser. Gut, dass du gekommen bist! Diese Luzie, das leichtsinnige Mädel! Ich habe ihr noch gesagt, sie soll hierbleiben, aber auf mich hört sie ja nicht.«

Bruno nickte, wandte sich der Berghöhe zu und machte sich umgehend auf den Weg.

Der Falken-Bruno, wie der Bursche allgemein genannt wurde, war der zweite Sohn des Falkenhofers vom Taldorf. Eigentlich hieß er Bruno Schwaiger. Er war ein häufiger Gast in der Kreuzalphütte.

Seit die beiden Geschwister aus dem Tannheimertal zugezogen waren und Luzie sich rasch als ebenso begeisterte Freundin von ausgedehnten Bergtouren herausgestellt hatte, waren die beiden schon mehrmals zusammen auf Kletterpartien gewesen. Im Winter dann hatte sich rasch herausgestellt, dass das Mädchen auch auf Skiern eine gute Figur machte und Rücksichtnahme weder erwartete noch nötig hatte, wenn man mit ihr unterwegs war.

Zur Hochachtung und Anerkennung vor ihren sportlichen Fähigkeiten, die sie zu einem Bergkameraden machten, auf den man sich mehr verlassen konnte als auf die meisten Männer, waren inzwischen längst auch andere, unausgesprochene Bande des Gefühls hinzugekommen.

Das wusste Richard, und das wussten auch die Leute vom Dorf. Es war ein offenes Geheimnis, und niemand wunderte sich darüber. Die beiden schienen wie für einander gemacht.

Der Bruno war schon ein Bursche, den es sich zweimal anzusehen lohnte. Seine Geschicklichkeit beim Skifahren war bemerkenswert, ebenso wie beim Bergsteigen. Sein Mut war so groß wie seine Kraft. Dabei war er zwar keineswegs leichtsinnig oder gar tollkühn, doch wo es nötig war, ging er durchaus auch ein Risiko ein.

So ging er auch jetzt ohne zu zögern dem Föhnsturm entgegen, obwohl ihm die Gefahren, die dort drohen konnten, durchaus klar waren. Er kannte sie und hatte sie alle schon einmal bei früheren Gelegenheiten überwunden.

Niemand war weit und breit zu sehen. Kein Einheimischer wäre so verrückt gewesen, sich bei diesen Witterungsverhältnissen ohne Not in den Bergen aufzuhalten, und auch die Urlauber waren alle schon in die Täler geflohen. Selbst das Wild hatte sich verkrochen und in den Bannwäldern Schutz gesucht.

An den Steilhängen klafften schon tiefe Sprünge in der Schneedecke. Die Wälder, die bislang weiß verschneit gewesen waren, wurden wieder tiefschwarz, und die Berge schienen näher zu rücken. Der Wind blies heftig über die Höhe.

Bruno stieg unentwegt weiter und schaute immerzu nach Luzie aus – und er fand schließlich die Spur eines Skifahrers. Dieser Skifahrer war offensichtlich zunächst dorthin unterwegs gewesen, wo er selbst herkam, nämlich zur Kreuzalphütte. Doch dann hatte dieser sich entschieden, statt dessen noch eine weitere steile Anhöhe zu erklimmen, wohl um eine interessantere und längere Abfahrt genießen zu können.

Das war typisch für Luzie! Bruno war sich sicher, dass er nun auf der richtigen Fährte war. Doch was für ein Leichtsinn von dem Mädchen bei diesem Wetter! Er beeilte sich, der Spur so rasch wie möglich zu folgen, und vor Anstrengung brach ihm der Schweiß aus allen Poren. Er musste sich beeilen; das Tageslicht würde bald anfangen zu schwinden. Dann schließlich hatte er die steile Höhe fast ganz erklommen – und jetzt sah er das Mädchen. Luzie stand droben am Kamm und schwang die Stöcke zum Zeichen, dass sie aus irgendeinem Grund nicht weiterkonnte und Hilfe brauchte.

Er hielt die Hände trichterförmig an den Mund. »Ich komme!«, schrie er laut in den Wind. Ein paar Regentropfen schlugen ihm in das erhitzte Gesicht. Der Schnee war nun schwer und klebrig, und nur mühsam kämpfte er sich voran.

Als er näher kam, sah er, was geschehen war. Über den ganzen Hang zog sich ein tiefer Riss. Die Schneemassen waren in Bewegung geraten und drohten abzustürzen; und wenn das geschah, würde die Lawine ihren Weg hinab zum Wald nehmen. Das konnte nun jeden Augenblick geschehen.

Durch die Erde ging ein Beben, und durch die Luft grollte ein Donner. Irgendwo war gerade eine schwere Lawine niedergegangen.

Der Regen wurde stärker.

»Bruno!«, rief das Mädchen.

»Bleib, wo du bist, Luzie!«, schrie er.

Immer näher schob er sich auf der Schneedecke hinauf, die ihm nun immer unsicherer vorkam und zu schwanken schien.

Abermals lief ein Beben durch die Erde, und Bruno überlief es eiskalt.

Luzie bemerkte es ebenfalls und schloss die Augen. Denn sie glaubte, sie müsste jeden Augenblick sehen, wie der Bursche von den stürzenden Schneemassen verschlungen würde.

Aber es geschah nichts.

»Aufpassen!«, rief er. »Wirf die Skistöcke weg!«

Sie folgte seinem Befehl.

»Fahr direkt auf mich zu! Anders kommst du hier nicht raus! Keine Angst – es wird gutgehen, das verspreche ich dir! Also – abspringen! Los!«

Einen Augenblick zögerte sie noch.

»Los!«, schrie er noch einmal, aber diesmal klang es schroff und ungeduldig.

Da sprang sie ab. Ihr Sprung war keineswegs ungeschickt – aber es geschah, was sie befürchtet hatte und der Grund dafür gewesen war, dass sie so lange hier oben verharrt hatte: die Schneedecke geriet in Bewegung, und hinter ihr erklang ein donnerndes Getöse, als stürze der Berg ein. Die Lawine hatte sich gelöst.

Damit hatte Bruno gerechnet. Mit seinen starken Armen fing er Luzie geschickt auf, schwang sie auf seine Schulter und sauste wie der Wind den steilen Hang hinab.

Sie wussten in diesem Augenblick beide, worum es ging – wenn Bruno jetzt versagte oder gar stürzte, dann waren sie beide verloren. Er musste jetzt schneller sein als die Lawine. Und er musste so rasch wie möglich aus der Bahn herauskommen, die die herabstürzenden Schneemassen nehmen würden.

Nur wenige Minuten dauerte das Spiel mit dem Tod. Den beiden aber schien die Zeit sich während dieser wilden Fahrt ins Endlose auszudehnen, bis Bruno schließlich langsamer wurde und dann anhielt und Luzie auf die Füße stellte.

»Das war knapp!«, sagte er keuchend.

Nicht weit entfernt verhallte schon der Donner der niedersausenden Lawine. Sie hatte ihren Weg genommen und musste nun gerade in ein Kar gestürzt sein. Aber die beiden Menschen waren kurze Zeit im Bereich ihrer Bahn gewesen und ihr nur knapp entronnen.

»Gewonnen, Luzie!«, rief er lachend und zeigte eine Reihe blendend weißer Zähne.

Luzie schwieg; sie vermochte sich noch nicht zu fassen. Da ergriff er ihre Hände. »Luzie, Mädel, was ist denn mit dir? Was schaust du mich so an?«

Jetzt regte es sich in ihrem Gesicht. Ein Lächeln zuckte um ihren Mund. »Bruno, das hätte dir kein Mensch nachmachen können. Ich hatte schon fast mit meinem Leben abgeschlossen, als du gekommen bist. Einen zweiten Skifahrer wie dich gibt es auf der ganzen Welt nicht, einen der so viel Mut und so viel Kraft hat wie du. Du bist ... der Alpenkönig!«

»Meinst du?«, fragte Bruno zurück, halb stolz und halb verlegen über ihr überschwängliches Lob. »Das war doch halb so wild, so ein zierliches Ding wie dich auf die Schulter zu nehmen ...«

»Und ich sage, diese Lawine hätte jeden anderen als dich unter sich begraben. Dir aber konnte sie nichts anhaben, Alpenkönig!«

Sein Lachen erlosch. Er schaute sie plötzlich ganz ernst an.

»Vielleicht hast du ja Recht, Luzie: Mit dir und für dich bringe ich Dinge zustande, die ich sonst vielleicht auch nicht könnte.«

Sie wurde etwas verlegen und wusste nicht, was sie darauf sagen sollte.

Doch im selben Moment ließ ein donnerndes Rumpeln ganz in der Nähe die beiden erschrocken zusammenfahren. Der Moment der Verzauberung war vorbei, in dem die beiden Sportskameraden vielleicht schon jetzt zu einem Liebespaar hätten werden können.

»Machen wir, dass wir hier fortkommen, Bruno«, sagte Luzie. »Nicht dass die nächste Lawine uns doch noch erwischt!«

Schweigend fuhren sie nun hintereinander talwärts.

Die Kreuzalphütte lag im tiefen Dunkel. Erst als sie schon ganz nahe gekommen waren, erkannten sie, dass die Fensterläden geschlossen waren; durch die Ritzen drang das Lampenlicht.

Die Tür stand jedoch offen. Richard war immer wieder dort aufgetaucht, um nach den beiden Ausschau zu halten. Als er nun endlich zwei Gestalten aus dem Dunkel auftauchen sah, lief er ihnen voller Erleichterung entgegen. Luzie umarmte ihn stürmisch.

»Armer Richard! Hast du dir große Sorgen um mich gemacht? Ich hatte auch Angst. Heute sind wir ihm wirklich begegnet ...«

»Von wem sprichst du, Mädel?«

»Vom Bergtod!«, sagte sie versonnen.

»Luzie!«, keuchte Richard entsetzt. »Was ist denn gewesen? Erzähl es mir!«

»Später, Richard! Jetzt bin ich müde.« Sie schnallte die Schneeschuhe ab.

Bruno stand schweigend und unschlüssig abseits.

»Du kommst doch noch mit herein, Bruno?«, sagte Luzie.

Aber Bruno schüttelte den Kopf.

»Ich muss los, wenn ich noch ohne Probleme heimkommen will.«

»Bloß ein paar Minuten!«, bat sie. »Du hast doch sicher auch Hunger? Was hast du zu essen da, Richard?«

»Kässpatzen.«

»Fein. Bruno, ich bitte dich, komm mit herein!«

Da streifte auch er die Skier ab und folgte den Geschwistern ins Haus. Richard schloss die Tür.

Als sie die kleine getäfelte Stube betraten, schlug ihnen dicker Tabaksqualm entgegen, dass man hätte meinen können, an den Tischen säße ein Dutzend rauchende Männer. Aber es war nur ein einziger Gast da, der Jäger-Barthl, ein Mann in vorgerückten Jahren, mit einem dichten ungepflegten Bart, die Tabakspfeife im Mundwinkel, aus der er dicke Rauchwolken gegen die Decke stieß. Auf den offenen, karierten Hemdkragen stützte sich ein mächtiger Kropf, der immer in bedenkliches Schwanken geriet, wenn sein Besitzer einen kräftigen Zug aus seinem Krug nahm.

Ein kurzhaariger Dackel fuhr knurrend unter dem Tisch hervor, aber er zog sich sofort gehorsam wieder zurück, als sein Herr seine brummige Befehlsstimme ertönen ließ.

Voller Freude über die glückliche Wiederkehr der verlorengegangenen Schwester und des Freundes trug der Wirt sogleich ein schmackhaftes Kässpatzengericht auf, das den beiden vortrefflich mundete. Nebenbei erzählte Luzie ihr Erlebnis am Berg.

Allmählich entwickelte sich zwischen den vier Menschen ein recht lebhaftes Gespräch, und auch Bruno vergaß mehr und mehr, dass er doch eigentlich nach Hause gehen wollte, und geriet schließlich in eine geradezu übermütige Laune. Plötzlich nahm er die Gitarre von der Wand, stimmte die Saiten und begann ein Lied zu singen.

Auch Luzie hatte ihre Müdigkeit und die ausgestandene Angst längst vergessen. Ihre tiefblauen Augen sprühten vor Fröhlichkeit.

»Bravo, Bruno!«, rief sie und klatschte in die Hände. »Bitte, noch ein Lied!«

Und Bruno sang.

Der Jäger-Barthl leerte einen Krug Bier nach dem anderen und hatte schon ein wenig über den Durst getrunken. Es gefiel ihm gar zu gut in der heiteren Gesellschaft, so dass auch er nicht an Aufbruch dachte – und nun fing er zum Vergnügen der anderen plötzlich an zu jodeln.

So geschah es, dass niemand bemerkte, dass der Wind immer mehr zunahm und sich schließlich zu einem heftigen Sturm entwickelte. Sie wurden erst darauf aufmerksam, als er einen Fensterladen losriss und mit heftigem Gepolter auf- und zuschlug.

Erst jetzt ließ Bruno die Gitarre auf die Knie sinken, und der Jäger-Barthl stellte den Krug auf den Tisch zurück, den er eben an den Mund führen wollte. Erschrocken horchten sie hinaus auf den Sturm – und dann hörten sie den Regen rauschen, so heftig, dass man meinen konnte, das Rauschen und Grollen eines entfesselten Sturzbaches zu hören.

»Sakrament!«, stieß der Jäger-Barthl hervor. »Das wird ein Hochwasser geben!«

Bruno fuhr bei diesen Worten vom Stuhl auf. Mit heißem Erschrecken fiel ihm jetzt ein, dass die Schleuse an der kleinen, mit Wasserkraft betriebenen Säge offen stand. Wenn nun das Hochwasser mit seiner ganzen Kraft in die Säge einbrach, konnte das Werk beschädigt oder ganz zerstört werden.

Die kleine Talsäge, zu der eine roh gezimmerte, fest gefügte Hütte mit einem Wohnstübchen und einer kleinen Schlafkammer gehörte, war ein Bestandteil des Falkenhofes. Sie stand an einem mutwilligen Wildbach, der mit junger, ungehemmter Kraft vom Berg herabstürzte. Wenn dieses Sägewerk auch nur mit altertümlichen Arbeitsvorrichtungen ausgestattet war, so lieferte es doch für die Bauern des Dorfes und auch der näheren Umgebung das ganze Jahr über das nötige Bau- und Schnittholz. Die Arbeit in der Säge war Bruno zugeteilt worden, und nichts in der Welt liebte er so sehr wie diese kleine, idyllische Talsäge.

Hastig zog er deshalb die Mütze über den Kopf und wollte mit einem kurzen Abschiedsgruß zur Tür gehen.

Aber Luzie vertrat ihm den Weg. »Bleib da, Bruno! Du kannst jetzt nicht abfahren!«

»Ich muss heim, Luzie!«

»Es geht nicht mehr, Bruno«, sagte auch Richard, der eben von draußen zurückkam, wo er den Fensterladen wieder befestigt hatte. »Es regnet in Strömen, und der Sturm ist furchtbar!«

Aber es half nichts; Bruno ließ sich nicht aufhalten.

»Der Wildbach wird in kürzester Zeit anschwellen, und ich habe die Schleuse bei der Säge nicht geschlossen. Ich muss daheim sein, bevor das Hochwasser sie ruiniert hat.«

Er stürmte hinaus in die Nacht, wo der Sturm ihm fast die Mütze vom Kopf riss.

Richard und Luzie folgten ihm, aber sie konnten ihn nicht daran hindern, dass er hastig die Skier anschnallte und gleich darauf in der Dunkelheit verschwand.

Sie schauten ihm besorgt nach und hofften, dass er doch noch die Unmöglichkeit der Abfahrt erkennen und zurückkehren würde.

Aber er kam nicht wieder.

»Er ist sehr eigensinnig«, sagte Richard.

Luzie schüttelte den Kopf.

»Nein, Richard, Eigensinn ist das nicht. Er kennt einfach keine Furcht; ich habe es heute erst wieder erlebt. Und er übersteht jede Gefahr mit heiler Haut. Er ist der Alpenkönig!«

Der Bruder schaute sie kopfschüttelnd an.

»Komm!«, sagte er dann.

Sie kehrten in das schützende Haus zurück und horchten aus behaglicher Geborgenheit schaudernd auf das Wüten der entfesselten Naturgewalten.

Nicht jeder hätte es geschafft, durch Nacht und Sturm bei schmelzendem Schnee den Weg ins Tal zu finden. Aber Bruno Schwaiger kannte kein Zaudern. Er musste unbedingt die Schleuse schließen, ehe das ungebändigte Hochwasser durch den Wildbach heranbrauste, und das konnte schneller geschehen, als man sich versah.

Der Weg ins Tal durch den schmelzenden Schnee war nun wirklich gefährlich geworden. Wiederholt stürzte er über Eisschollen. Aber er richtete sich immer wieder auf und fuhr weiter. Endlich kam er schweißgebadet bei der Säge an. Zu seiner großen Verwunderung musste er jedoch feststellen, dass die Schleuse bereits geschlossen war – und doch hätte er schwören können, dass sie offen gestanden hatte, als er zur Kreuzalpspitze aufgebrochen war.

Da sah er oben im Sägestübchen Licht.

War der Vater herübergekommen?

Rasch schnallte Bruno die Skier ab und eilte die schmale Treppe hinauf.

An dem kleinen Tisch in der Ecke saß der alte Falkenhofer, sein Vater. Sinnend blies er den Rauch aus seiner Pfeife vor sich hin und machte ein unzufriedenes Gesicht.

»Guten Abend, Vater! Du bist heute noch herübergekommen?«

»Woher kommst du so spät?«, kam darauf die Frage statt einer Antwort.

»Von der Kreuzalphütte.«

Das Gesicht des Falkenhofers blieb finster.

»Du weißt, dass ich es nicht gern hab, wenn du bei einem solchen Sauwetter in den Bergen herumfährst. Eines Tages wird dir doch noch etwas passieren.«

»Das glaube ich nicht, Vater. Die Berge tun mir nichts!«

»Und die Schleuse vor der Säge hast du auch noch offen gelassen«, sagte der Falkenhofer tadelnd. »Wenn das Hochwasser eingebrochen wäre, hätte es den Antrieb weggerissen.«

»Darum bin ich jetzt so schnell wie möglich von der Hütte zurückgekommen, um dem Hochwasser noch zuvorzukommen. Ich hätte aber wirklich nicht vergessen dürfen, die Schleuse zu schließen, da hast du Recht. Das soll mir nicht noch einmal passieren!«

Der alte Falkenhofer war damit zufrieden gestellt und nickte vor sich hin.

»Dann ist's gut! Und jetzt setz dich her zu mir, ich hab mit dir ein paar sehr wichtige Dinge zu besprechen. Deswegen bin ich heute auch zu dir gekommen.«

Der Falkenhofer legte die Pfeife weg und strich sich den zähen Bart aus den Mundwinkeln. Die Einleitung zu seiner Rede schien ihm einige Schwierigkeit zu bereiten.

»Bruno«, begann er dann, »sag mal, Bub – und sei aufrichtig –, bist du überhaupt mit deiner Arbeit in der Säge zufrieden? Oder würdest du lieber etwas anderes machen?«

»Was für eine seltsame Frage, Vater! Wie kommst du denn darauf?«

»Ich weiß es eben nicht, deshalb frage ich dich ja. Es ist nun einmal so: Dein Bruder, der Schorsch, wird den Hof übernehmen. Aber auszahlen kann er dich einstweilen noch nicht, dazu ist nicht genügend Geld da. Er wird auf dem Hof auch manches erneuern müssen. Jetzt habe ich mir überlegt, dass du einstweilen die alte Säge übernehmen könntest, um deinen Lebensunterhalt zu verdienen. Ich kann das testamentarisch festlegen, dass sie bei der Hofübergabe aus Schorschs Besitz herausgenommen wird.«

Nun war es heraus, was ihn bedrückte. Er hob den Blick und schaute seinem Sohn ins Gesicht, um die Wirkung seiner Worte zu erkennen.

Aber Bruno zeigte keinerlei Unzufriedenheit; im Gegenteil – sein Gesicht hellte sich auf.

»Damit würdest du mir einen großen Wunsch erfüllen, Vater. Ich habe an der kleinen Säge mehr Freude, als du anscheinend glaubst, und ich möchte mich nicht von ihr trennen.«

»Dann ist's ja gut!«, sagte der Alte aufatmend. »Ich werde die Talsäge aus dem Besitz, der Schorsch übergeben wird, herausnehmen und dich als Besitzer eintragen lassen.«

Daraufhin stand er auf und knöpfte die Joppe zu. Es bedurfte keiner weiteren Worte mehr zwischen ihnen.

»Ich begleite dich heim, Vater; es ist finster, und der Weg ist schlecht«, sagte Bruno und zog sich ebenfalls seine Jacke nochmals über.

Schweigend gingen sie durch die Nacht. Die Straße war überschwemmt, und unter dem Wasser lag eine schlüpfrige Eiskruste. Dazu kam der Sturm, der die beiden anfiel, sowie sie das Haus verlassen hatten, so dass sie sich seiner Wucht entgegenstemmen mussten. Bruno hielt es für geraten, den alten Vater am Arm zu nehmen und zu führen.

»Morgen Abend will Schorschs Zukünftige mit dem Brautvater kommen, um alles zu besprechen, was vor der Hochzeit und der Hofübergabe nötig ist«, begann der Alte plötzlich. »Es wäre mir recht, wenn du mit dabei wärst.«

»Wenn du es willst, Vater, dann komme ich gerne.«

»Und schau dir die Henriette etwas näher an.«

»Ich kenne sie schon, Vater.«

»Und? Was sagst du?«

»Ehrlich gesagt, ich würde mir eine Falkenhoferin anders vorstellen. Sie hat keine Ahnung von der Arbeit auf einem Bauernhof und wird eine Menge lernen müssen. Aber das macht ja nichts, wenn sie es wirklich lernen will.«

»Glaubst du, sie wird es vielleicht nicht wollen? Das wäre schlimm!«

»Ich weiß es nicht. Sie wirkt auf mich zu städtisch, als dass ich es mir so recht vorstellen könnte. Vielleicht tue ich ihr damit auch Unrecht. Aber wir werden ohnehin nichts daran ändern können, falls es so wäre, Vater. Der Schorsch hat sie ausgesucht und will keine andere. Die Hauptsache ist, dass sie gut miteinander auskommen, alles andere lässt sich notfalls auch mit mehr Angestellten regeln, wenn es gar nicht anders geht.«

»Ja, Bub – hoffen wir, dass Schorsch keinen Fehler gemacht hat, als er gerade die und keine andere haben wollte! Ich habe, ehrlich gesagt, auch ein ungutes Gefühl bei dem Mädchen, deshalb wollte ich deine Meinung wissen.«

Bruno führte seinen Vater bis ans Haus, das dunkel und still in der Nacht lag. In keinem Fenster sah man mehr Licht; alle waren schon zu Bett gegangen. Als sich die Haustür hinter dem Vater geschlossen hatte und in der Stube das Licht aufflammte, kehrte Bruno um und ging wieder auf die Säge zu.

Oft wandte er heute den Blick zurück und hinauf zu dem alten, väterlichen Hof, hinter dem sich das

Felsmassiv des Gebirges auftürmte. Der Sturm rauschte durch das Geäst der alten Ahornbäume, die um ein großes Feldkreuz herum aufragten.

Ein Ausdruck grübelnder Nachdenklichkeit überschattete das Gesicht des jungen Falkenhofers. Eine Hochzeit sollte morgen ausgemacht werden. Das sollte eigentlich ein Grund zur Freude sein. Doch sein Vater freute sich nicht. Statt dessen machte er sich Sorgen.

2

Am folgenden Morgen war Bruno Schwaiger schon frühzeitig bei seiner Arbeit in der Säge. Die Bauern hatten mehrere Fuhren Baumstämme angefahren, um Bauholz und Bretter schneiden zu lassen; damit wollten sie die Winterschäden an ihren Häusern und Stadeln beheben, ehe die Arbeit auf den Wiesen und Feldern einsetzte.

Am späten Vormittag kam wie immer die alte Paula, die seit dem Tod der Mutter das Regiment über Haus und Küche im Falkenhof führte, zur Säge herab, um Bruno die Brotzeit zu bringen. Sie brachte auch die kleine Stube in Ordnung und machte sein Bett.

Solange die beiden Söhne Schorsch und Bruno noch klein waren, hatte sie ihnen die Mutter ersetzt – besonders Bruno, dem Jüngeren, den sie von Anfang an in ihr Herz geschlossen hatte.

Trotz ihres Alters schritt sie noch rüstig und aufrecht einher. Ihr kantiges Gesicht verriet Gesundheit, und ihre dürre, zähe Gestalt war von starker Lebenskraft erfüllt. Kein Weg und kein Wetter schreckte sie, keine Arbeit war ihr zu viel oder zu schwer.

Heute trug sie ihre spitze, lange Nase noch einige Zoll höher als sonst. Das war bei ihr ein Zeichen von Trotz und verdrießlicher Auflehnung.

Bruno schaute ihr durch das verstaubte kleine Fenster von der Säge aus entgegen, als sie mit weit ausholenden Schritten auf der überschwemmten Straße herankam.

Dann trat er vor das Tor.

»He, Paula! Warum machst du so ein finsteres Gesicht?«, rief er ihr lachend zu. »Gefällt es dir nicht, dass der Frühling anbrechen will?«

»So ein Sauwetter!«, schimpfte die Paula. »Man sinkt bis an die Knöchel im Matsch ein.«

»Und darüber ärgerst du dich so sehr?«, fragte er zweifelnd und betrachtete erheitert ihr finsteres Gesicht.

Sie gingen hintereinander die schmale Holzstiege zur Stube hinauf.

Paula stellte die Brotzeit auf den Tisch, band eine Schürze um und ging an die Arbeit.

Bruno begann mit dem Essen.

»Die Hochzeit will man heut Abend ausmachen!«, sagte sie plötzlich. In ihrem Gesicht regte sich ein unwilliges Mienenspiel.

»Ich weiß es, Paula. Der Vater war gestern noch bei mir. Er hat gemeint, dass ich dabei sein soll.«

Sie schaute ihn an und stemmte die Hände in die Hüften.

»Wirst du kommen?«

»Vielleicht.«

»Vielleicht? Nein, du musst auf jeden Fall kommen, Bruno!«

»So? Es ist doch aber nicht meine Hochzeit, die ausgemacht wird, Paula!«

»Trotzdem.« Paula suchte ersichtlich nach Worten, um deutlich zu machen, worauf sie hinauswollte, und rang sich schließlich mürrisch den Satz ab: »Ich glaube, das wird etwas werden, wenn die ins Haus kommt!«

»Oho! Hast du so einen Heidenrespekt vor ihr?«, lachte Bruno.

»Den Heidenrespekt werden noch ganz andere vor ihr kriegen! Der Schorsch wird bald nicht mehr recht viel zu sagen haben im Haus, wenn die einmal da ist! Lach jetzt nicht, Bruno. Es ist mein Ernst.«

»Du übertreibst, Paula! Warum meinst du denn, dass es gar so schlimm werden wird?«

Die Alte kam mit geheimnisvoller Miene näher und wollte ihm etwas ins Ohr sagen, aber sie kam nicht mehr dazu.

»Bruno!«, ertönte eine tiefe, laute Männerstimme vom Hof herauf. »He, Bruno!«

Bruno öffnete das Fenster und schaute hinab. Ein Bauer stand dort unten mit einem mit Baumstämmen voll beladenen Bodenschlitten.

Das war der Fallmüller, der im ganzen Dorf als wohlhabendster Bauer der Gegend bekannt war. Doch beliebt war er kaum, neben Geiz und Verschlagenheit wurde ihm auch sein hochfahrendes Wesen zum Vorwurf gemacht. Schon die Art, wie er jetzt laut und ungeduldig den jungen Falkenhofer herausrief, verriet sein rechthaberisches Wesen.

Bruno kannte den Fallmüller und sein Hauswesen gut. Sein Hof lag dem Falkenhof direkt gegenüber, getrennt von ihm durch eine tiefe Mulde, durch die eine Straße führte. Beide Höfe lagen abseits vom Dorf und waren Einödhöfe, deren Grundstücke sich jeweils rings um das Haus erstreckten. Und damit grenzten sie teilweise aneinander.

Auch das Schicksal der Höfe schien sich in einigen Dingen ähnlich entwickelt zu haben: Sowohl der Falkenhofer als auch der Fallmüller hatten frühzeitig ihre Bäuerinnen verloren – und beide waren

Witwer geblieben. Während es jedoch auf dem Falkenhof zwei Söhne gab, hatte der Fallmüller nur eine einzige Tochter. Sie war ein paar Jahre jünger als Bruno; doch sie waren noch zusammen in die Schule gegangen. Und während der Falkenhofer durch Nachlassen seiner Kräfte schon jetzt zur Übergabe des Hofes gezwungen wurde, hatte der Fallmüller im selben Alter immer noch eine eiserne Kraft und Gesundheit, als hätte die Zeit überhaupt keine Gewalt über ihn.

Bruno stieg die Treppe hinab, trat auf den Hof hinaus und half dem Mann dabei, die entrindeten Baumstämme vom Schlitten zu rollen.

»Zweizöllig schneiden!«, ordnete der Fallmüller an. »Und übermorgen möchte ich die Bretter abholen. Geht das?«

»Wenn nichts Unvorhergesehenes passiert, geht das schon«, entgegnete Bruno und zeichnete mit einem Rötel die Baumstämme an.

Der Fallmüller blieb noch stehen und schaute ihm dabei zu; er wollte offenbar noch mehr sagen. Dann schob er den Hut aus der Stirn und kratzte sich im Haar.

»Ist es richtig, dass dein Bruder bald heiratet?«, fragte er dann unvermittelt.

»Ja, es ist richtig.«

»Die vom Ostrachtal?«

»Ja.«

Der Fallmüller machte eine Bewegung zu seinem Fahrzeug hin – aber dann wandte er sich noch einmal zu Bruno herum.

»Wenn man weit greift und nicht weiß, wohin man greift, dann greift man gewöhnlich in Dreck, Bruno!«, sagte er in seiner derben Art.

»Was willst du mir damit sagen, Fallmüller?«, warf ihm Bruno noch die Frage hinterher.

Der Fallmüller wendete sein Gefährt und rief, schon im Wegfahren, über seine Schulter hinweg zu Bruno zurück: »Genau das, was du verstanden hast! Also bis übermorgen!«

Bruno schaute dem Fallmüller nach. Dessen Rede wollte ihm nicht gefallen; sie war grob und gehässig gewesen. Freilich – der Fallmüller sah sich durch Schorschs Heirat vielleicht in seinen Plänen enttäuscht. Man hatte einige Zeit lang davon gesprochen, dass seine Tochter Wally eine passende Bäuerin für den Falkenhof sein könnte. Vielleicht hatte der Fallmüller sich mit dem ehrgeizigen Plan getragen, die beiden Einödhöfe zusammenzulegen und ein prächtiges Gut daraus zu machen.

Doch Schorsch hatte sich für eine andere entschieden, die seine künftige Bäuerin werden sollte. Und wenn der Schorsch damit »in Dreck greifen« sollte, dann ging es den Fallmüller ebensowenig an wie andere Menschen.

Die Fallmüller-Wally war schon ein recht tüchtiges und anständiges Mädchen, und hässlich war sie auch nicht. Mancher junge Bursch drehte sich nach ihr um, wenn sie sonntags von der Kirche kam. Aber man konnte schließlich nicht einfach dem Schorsch befehlen, er müsse sie heiraten. Er selbst hätte das an seiner Stelle auch nicht getan – nicht zuletzt auch deshalb, weil der Fallmüller ihr Vater war.

Während Bruno immer noch in Gedanken verloren die Straße hinaufschaute, auf der eben der Fallmüller davongefahren war, tauchte hinter der Säge ein junger Mann auf, der sich durch seine Kleidung und die umgehängte Büchse als Forstmann auswies.

Dieser junge Jäger war Robert Haller, der in den Diensten des staatlichen Forstamtes kurz vor Abschluss seiner dortigen Ausbildung stand. Als leidenschaftlicher Bergsteiger hatte er sich an Bruno angeschlossen, und aus der Bergkameradschaft war mit der Zeit eine Freundschaft erwachsen. Sie führte dazu, dass Robert auch bei der kleinen Theatergruppe des Dorfes Hochwies mitwirkte, der Bruno als eifriger Laienspieler angehörte.

»Bruno!«, rief der Jäger und kam näher.

Bruno wandte sich nach ihm um, und sein Gesicht entspannte sich.

»Ach, du bist's, Robert! – Wo kommst du denn heute schon so früh her?«

»Von der Kreuzalpspitze. Ich soll dir einen schönen Gruß bestellen.«

»Von wem?«

»Von wem wohl, wenn man von der Kreuzalphütte kommt! Du scheinst gestern wieder einmal ein gewagtes Stück geliefert zu haben.«

»Hat dir die Luzie davon erzählt?«

»Sie hat jedem davon vorgeschwärmt, der bereit war, ihr zuzuhören. Du seist der Alpenkönig, meint sie«, sagte er schmunzelnd.

Auch Brunos Gesicht heiterte sich auf. »Alpenkönig!«, sagte er lächelnd. »Das hat sie zu mir gestern Abend auch schon gesagt. Dabei war die Sache so großartig nun auch wieder nicht.«

»Na, ich hätte es jedenfalls nicht gewagt, einer Lawine vor den Füßen herumtanzen!«

»Ich würde dir das auch nicht raten!«, erwiderte Bruno. »Glaub du bloß nicht, dass ich es getan hätte, wenn ich eine andere Möglichkeit gesehen hätte, mit heiler Haut von dort wegzukommen.«

Robert stieß Bruno in die Seite und zwinkerte ihm zu. »Ich glaube, Bruno – ich glaube, die Luzie hat sich in dich verliebt.«

»Soll das ein Scherz sein, Robert?«, fragte Bruno und gab sich Mühe, sich das freudige Herzklopfen nicht anmerken zu lassen, das ihn bei diesen Worten jäh überfallen hatte. So dicht davor war er gestern gewesen, ihr seine Liebe offen zu gestehen, und doch hatte er wie ein Holzkopf die Gelegenheit wieder verstreichen lassen!

»Keineswegs. Hättest du denn etwas dagegen?«, schmunzelte Robert, der ja schon längst begriffen hatte, dass Bruno und Luzie sich zueinander hingezogen fühlten und vermutlich früher oder später ein Paar werden würden, auch wenn sie immer noch vorgaben, nur kameradschaftlich und in aller Freundschaft miteinander zu verkehren.

Bruno antwortete nicht. Er horchte zur Säge hinunter, in der eben ein Baum aus dem Vollgatter gelaufen war. Es musste ein neuer Stamm eingelegt werden; deshalb ließ er den Freund stehen und lief in die Säge.

»Wir studieren übrigens demnächst ein neues Theaterstück ein«, sagte Robert, als sie wieder beisammen waren. »Heute Abend ist eine Besprechung, und dann beginnen die Proben. Kommst du auch?«

»Nein, ich muss heute Abend heim. Die Hochzeit meines Bruders wird ausgemacht«, entgegnete Bruno.

»Ach so – dann freilich! Aber du spielst doch mit?«

»Ich spiele natürlich mit!«

Von droben rief die Paula, Bruno solle doch endlich seine Brotzeit zu Ende bringen.

»Ich komm schon, Paula!«, rief Bruno hinauf.

Robert Haller klopfte ihm auf die Schulter.

»Mach's gut, Bruno! Und entschuldige, falls ich dir mit meiner Bemerkung über Luzie zu nahe getreten sein sollte …«

Bruno lachte. »Nein, das bist du auf keinen Fall, Robert.«

»Das hoffe ich doch. Aber das sage ich dir, ihr zwei wäret schon ein schönes Paar – du und die Luzie vom Kreuzalphaus – der Alpenkönig und das goldene Herz!«

Lachend trennten sich die Freunde.

Als der Abend kam, stand im Hofraum des Falkenhofes unter den drei alten Ahornbäumen ein fremdes Auto. Besuch war angekommen – ein sehr wichtiger Besuch.

An dem Tisch im Herrgottswinkel saßen vier Menschen beisammen und erörterten wichtige Dinge. Da war der Falkenhofer und neben ihm sein Sohn Schorsch; den beiden gegenüber saß ein Mädchen in städtischer Kleidung, und neben ihm hatte der Brautvater Platz genommen.

Sie hörten eben schweigend dem alten Bauern zu, der langsam und bedächtig eine Reihe von Gründen aufzählte, die ihn veranlassten, zum Frühjahr den Hof an seinen Sohn zu übergeben. Sein Blick glitt immer wieder forschend über das Gesicht des Mädchens, das sein Sohn heiraten wollte.

Henriette entging diese augenscheinliche Prüfung des alten Bauern keineswegs, und sie ließ sie selbstbewusst über sich ergehen. Ihr Vater war ein bekannter Viehhändler mit einem schönen, modernen, erst wenige Jahre alten Haus im Ostrachtal.

Sie wusste von Schorsch, dass ihr künftiger Schwiegervater Bedenken hatte, weil sie nicht aus einer Bauernfamilie stammte und die Arbeit auf einem Hof wie dem Falkenhof nicht gewohnt war. Henriette war empört gewesen, als Schorsch ihr das erste Mal davon erzählt hatte. Warum sollte sie nicht imstande sein, diese Arbeit zu tun? Aber Schorsch hatte nur gelacht, und so hatte sie schließlich mit eingestimmt und gemeint: »Was ich nicht kann, das kann ich ja lernen, oder? Du musst es mir nur zeigen.«

Und beide waren sich einig gewesen, dass alles sich finden würde, wenn sie nur erst einmal verheiratet waren. Schließlich liebten sie sich, und das war doch die Hauptsache.

Unter dem Tisch tastete das Mädchen verstohlen mit dem Fuß nach dem von Schorsch und blinzelte ihm zu, als sie ihn erreicht hatte und er zu ihr hinübersah. Schorsch, der ohne großes Interesse den beiden Alten zugehört hatte, sah auf, lächelte und blinzelte zurück.

In seiner äußerlichen Erscheinung glich Schorsch sehr seinem Bruder Bruno. Nur sein Haar war dunkler, und seine Gesichtszüge waren weniger markant gezeichnet; er wirkte nachgiebiger und weniger entschlossen.

»Und viel Arbeit gibt es auf dem Hof«, sagte eben der alte Falkenhofer. »Auch die Bäuerin muss fest mit anpacken. Deswegen brauchst du mich jetzt nicht so finster anzuschauen, Henriette; ich will dir damit keineswegs unterstellen, dass du nicht arbeiten kannst, sondern ich wollte nur noch einmal ohne Umschweife betonen, dass ein Berghof kein Platz ist, auf dem man es sich allzu bequem machen kann.

Der Hof wird schuldenfrei an euch übergeben, wenn man einmal davon absieht, dass dem Bruno noch sein Anteil ausgezahlt werden muss, und damit habt ihr beide einen günstigen Anfang. Wenn ihr gut wirtschaftet, dann kann eigentlich nichts schief gehen.«

Danach war es eine Weile still. Jeder schien über die Dinge nachzudenken.

»Dann ist doch auch noch eine Säge da«, sagte schließlich der Viehhändler. »Was ist damit?«

»Die Säge wird vom Hof abgetrennt, die übergebe ich dem Bruno«, antwortete der Falkenhofer. »Damit ist auch ein Teil seiner eigenen Erbansprüche schon getilgt. Was den Rest betrifft, so werde ich testamentarisch eine Zahlung in mehreren Teilzahlungen festlegen, beginnend ab dem Jahr meines Todes.«

Darauf erfolgte kein Einspruch.

Nach dem Essen führte Schorsch seine Braut durch das Haus, und sie kamen dabei auch in die Küche.

Paula, die eben das Geschirr spülte, trat ein wenig beiseite, ohne sich in ihrer Arbeit stören zu lassen. Ihr Blick streifte nur zuweilen missbilligend die Braut, die ihrer Ansicht nach kritischer als nötig diesen wichtigen Raum der Hausfrau musterte.

Und die Braut nahm ihre Prüfung offenbar sehr genau. Sie musterte die Wandrahmen, in denen die Töpfe säuberlich nach der Größe eingeordnet waren, sie betrachtete die blinkenden Kupfer- und Messingpfannen, die über dem großen Kachelofen hingen, und es schien ihr kein Gegenstand zu entgehen.

Schorsch beobachtete ihr Gesicht.

»Nun, wie gefällt's dir bei uns?«, fragte er dann – in der sicheren Meinung, dass hier bestimmt nichts auszusetzen sei.

»Im Großen und Ganzen nicht schlecht«, antwortete sie und schaute dann über den roten Boden hin. »Aber ihr habt ja noch einen alten Steinboden! Sollte man da nicht einen PVC-Boden darüberlegen? Das ist viel schöner und bequemer zum Putzen.«

Sie hatte ihren Blick bereits einem weiteren Mangel zugewandt: »Der Herd hier muss ja schon mindestens dreißig Jahre alt sein, und gespült wird bei euch wohl noch von Hand, oder? Und die Kücheneinrichtung finde ich unpraktisch angeordnet, da muss man ja andauernd hin- und herlaufen, von der Spüle zum Herd und wieder zurück. Wenn beides direkt nebeneinander ist, spart man sich eine Menge Zeit, Schorsch. Daheim, da haben wir eine Einbauküche mit Glaskeramikkochfeld und Dunstabzugshaube, und eine Spülmaschine ist auch integriert, und eine Mikrowelle. Wir haben einen Küchenspezialisten alle Einzelteile der Küche nach ergonomischen Gesichtspunkten optimieren lassen.«

Da verließ die alte Paula die Küche. Sie musste es tun, denn sonst hätte sie Henriette etwas an den Kopf werfen müssen. Ergonomische Gesichtspunkte! Da hörte sich doch alles auf!

Als sie durch den langen breiten Hausflur schritt, um sich irgendein Geschäft zu suchen, das sie in möglichst sichere Entfernung von der Frevlerin brachte, die gerade ihr Heiligtum, die Küche des Hofes, so entweiht hatte, kam eben Bruno herein.

»Wo sind sie, Paula?«, fragte er. »Ich habe das Auto schon gesehen.«

»Sie sind gerade in der Küche – sie und der Schorsch. Kritisieren tut sie. Der alte Steinboden ist ihr nicht fein genug. Eine neue Küche mit ärgernomischen Gesichtspunkten von einem optimistischen Küchenspezialisten will sie haben, das überspannte Frauenzimmer!« Ihre Stimme, anfangs leise, wurde immer lauter und erregter, während sie sprach.

»Pst! Paula!«

»Es ist doch wahr!«, schimpfte die alte Frau, die maßlos darüber gekränkt war, dass ihre Küche so bekrittelt worden war. »Weißt du, wie lange ich in dieser Küche schon koche? Ich war immer zufrieden damit, und jetzt kommt die da daher und sagt, unsere Küche sei unpraktisch. Eine Spülmaschine will sie haben, und eine Dunstabzugshaube, und was weiß ich noch alles!«

»Ist ja gut, Paula! Sei bloß still!«

Bruno ließ sie stehen und ging in die Stube. Er begrüßte den Brautvater und setzte sich auf einen Stuhl neben dem eigenen Vater nieder. Gleich darauf kehrte das Brautpaar von seiner Inspektionsreise zurück.

Alle fünf setzten sich um den Tisch unter den Efeuranken des Herrgottswinkels. Die Ansprüche Brunos am väterlichen Erbe wurden besprochen, und man kam überein, dass der Restbetrag, der diesem neben der Säge zustehe, erst nach dem Tode seines Vater fällig und danach in mehreren Teilzahlungen beglichen werden sollte. Der Tag der Hochzeit wurde festgesetzt. Man einigte sich darauf, dass er noch vor Beginn der Fastenzeit sein sollte, und das Brautpaar wollte möglichst rasch den Ortspfarrer aufsuchen, damit alles seinen geregelten Weg gehen konnte.

In den folgenden Wochen ging es im Falkenhof drunter und drüber. Die Maurer hatten Gerüste errichtet und tünchten die altersgrauen Wände. Türen und Fensterläden wurden frisch gestrichen. So wollte es der Brauch: Vor der Übergabe musste der Hof innen und außen erneuert werden.

Gleichzeitig schaffte der alte Falkenhofer seine Habe hinüber in das Pfründhäuschen, wo er seinen Lebensabend verbringen wollte. Er war vernünftig genug, sich schon jetzt zurückzuziehen und dem Sohn die Leitung der Erneuerungsarbeiten zu überlassen. Und Schorsch Schwaiger, der junge Falkenhofer, hatte sich alle Wünsche seiner Braut zu Herzen genommen und suchte ihnen nach Möglichkeit gerecht zu werden. Auch die Küche wurde von Grund auf nach ihren Wünschen modernisiert, und der Küchenspezialist, von dem sie bei der Besichtigung des Hofes gesprochen hatte, kam tatsächlich dabei zum Einsatz.

Doch der alte Bauer stand während all dieser Betriebsamkeit oft am Fenster seiner Austragsstube und schaute versonnen über die Berge hin, die bereits einen neuen Frühling ankündigten. Er sah, wie das erste Grün auf den schneefreien Hängen zu sprießen begann, er sah den Krokus und den Enzian blühen, er sah das Erwachen der Natur. Und wenn er in sonnigen Stunden das Fenster öffnete, dann hörte er das Rauschen und Gurgeln der Wildbäche.

All das hatte er sein Leben lang gesehen – und doch war nun alles anders: Er hatte die Verantwortung für seinen Hof an seinen Sohn abgegeben. Es war hoch an der Zeit dafür gewesen, denn mit seiner Gesundheit stand es nicht zum Besten. Und dennoch war ihm das Herz schwer.

Bruno Schwaiger war auf dem Weg durch die Höhenklamm hinauf zur Kreuzalphütte. Mit lautem Getöse schoss der übermütige Wildbach über die glatt gewaschenen Felsbänke.

Bruno stand eine Weile nahe am Grat und schaute gedankenverloren auf das wilde, schäumende Wasser hinab. Es ging ihm dieser Tage viel durch den Kopf. Der Umzug des Vaters bereitete ihm Kummer. Freilich war es unumgänglich, dass die Alten Platz machen mussten für die Jungen – aber es tat Bruno halt weh, den Vater so ungern und bekümmert von der Arbeit scheiden zu sehen.

Auch über seinen Bruder und dessen Frau, die neue Bäuerin, dachte er nach. Es war offensichtlich, wie verliebt die beiden ineinander waren, und er konnte Henriette auch nicht absprechen, dass sie sich bisher Mühe gab, alles, was sie als Bäuerin zu tun hatte, gut und richtig zu machen.

Dennoch, sie war in vieler Hinsicht ihrer Aufgabe kaum gewachsen. Dass sie Paula schon gleich zu Anfang so bitter gekränkt hatte, machte die Sache nicht besser. Denn Paula war nachtragend, und auch wenn sie Henriette nicht offen widersprach, so hätte sie der jungen, unerfahrenen Bäuerin so manchen dummen Schnitzer ersparen können. Doch das tat sie nicht, denn es bereitete ihr Genugtuung, wenn die Gegnerin bei einem handfesten Fehler ertappt wurde.

Henriette hatte durchaus gemerkt, dass die alte Haushälterin nicht gut auf sie zu sprechen war. Doch sie unternahm keinen Versuch, mit ihr ins Reine zu kommen, sondern gab sich alle Mühe, ihrer Feindin bei jeder Gelegenheit klar zu machen, wer von beiden auf dem Hof das Sagen hatte. Dabei hätte sie den Rat der erfahrenen alten Frau so bitter nötig gehabt. Doch ihr Stolz verbot Henriette, das zuzugeben, und so schwelte der Groll der beiden unausgesprochen weiter, zum Schaden für den Hof und alle, die dort lebten.

Bruno vermied es inzwischen, den Hof aufzusuchen, denn meist konnte man die Spannung, die dort herrschte, förmlich mit Händen greifen. Seinen einzigen Versuch, zwischen Henriette und Paula zu vermitteln, hatten beide Frauen ihm übel genommen, deshalb zog er es vor, sich so weit wie möglich aus ihrem Streit herauszuhalten.

Trotz aller Bemühungen, beiden in seinem Urteil Gerechtigkeit widerfahren zu lassen, konnte er nicht umhin, Paulas Klagen im Geiste Recht zu geben. Henriette war seiner Meinung nach ein verzogenes junges Ding, das im väterlichen Haushalt weitgehende Narrenfreiheit gehabt und kaum Verantwortung getragen hatte. In ihrer Rolle als Bäuerin wirkte sie wie ein Kind, das ein neues Spiel ausprobierte. Noch hatte der Falkenhof als Spielzeug für sie den Reiz nicht verloren. Was aber, wenn sie eines Tages keine Lust mehr auf dieses Spiel hatte?

Von der gegenüberliegenden Höhe ertönte plötzlich ein lautes, in seinen Ohren höhnisch klingendes Gelächter, als hätten böse Geister Bruno bei seinen Gedanken belauscht und amüsierten sich nun über die Zustände auf dem Falkenhof.

Bruno blickte auf, um nach dem Spötter Ausschau zu halten, und nach einigen Augenblicken entdeckte er eine Gestalt, deren Aussehen den Vorstellungen von einem bösen Berggeist nicht allzu weit entfernt war. Sie stand vor dem so genannten »Wilden Männle«, einem gezackten, grotesk geformten Felskopf, an den sich etliche Sagen um wegen böser Taten verzauberte Menschen knüpften. Das war der Geyer-Franz, ein Sonderling, der einsam in einer abgelegenen, halb zerfallenen Berghütte hauste. Der Geyer-Franz galt als harmlos, doch sein seltsames Benehmen und dazu sein verlottertes Aussehen schreckten die Leute ab. Er war ein noch junger Mann um die Dreißig, doch er ließ sich selten im Dorf sehen.

Es hieß, sein Vater sei ein gefährlicher Wilderer gewesen, der auf frischer Tat ertappt und erschossen worden sei, als der Franz noch ein kleiner Junge gewesen war. Die Mutter hatte ihn alleine großgezogen, doch der Gram hatte sie verbittert und menschenscheu gemacht und dann später, wie es im Dorf hieß, frühzeitig ins Grab gebracht.

So war es kein Wunder, dass auch der Franz ein sonderbarer Zeitgenosse war. Er züchtete Bergziegen, und davon ernährte er sich, so gut es eben ging. Seine Hütte lag hinter den Wäldern auf einer steinigen Bergwiese, und von den Menschen im Dorf wollte er so wenig wissen wie sie selbst von ihm. Und der wollte sich über ihn lustig machen? In Bruno stieg der Zorn auf.

»Was hast du da zu lachen, du Depp?«, schrie er laut, um das Rauschen des Wildbaches zu übertönen.

Der Geyer-Franz wich sofort von der Höhe zurück und verschwand.

Bruno ging weiter und schämte sich plötzlich seines Zornes gegen den anderen.

Warum sollte der Mann dort nicht lachen dürfen, nur weil Bruno selbst so düster zumute war? Schließlich hatte der Geyer-Franz keine Ahnung von Brunos Sorgen und freute sich wahrscheinlich nur über den Frühling.

Immerhin lenkten diese Überlegungen Bruno von seinem Grübeln über die missliche Lage auf dem Falkenhof ab. Wie oft war er dem Geyer-Franz schon begegnet auf seinen Bergfahrten – bei jeder Tag- und Nachtzeit schon. Doch sie hatten sich gegenseitig nie beachtet. Was mochte im Kopf dieses sonderbaren Menschen vorgehen?

Bruno nahm sich vor, sich nicht noch einmal von seiner gereizten Stimmung zu solch ungerechtem Zorn hinreißen zu lassen.

Für die Bewohner der Kreuzalphütte war die Zeit der Schneeschmelze eine einsame Angelegenheit. Das Gebirge war in dieser Zeit so unwegsam, dass sich kaum ein Mensch bei ihnen einfand, höchstens einmal der Jäger-Barthl, wenn er seinen Dienstgang durch das Revier machte.

Luzie beschäftigte sich in diesen Tagen mit allerlei Dingen des Haushaltes, zu denen sie zu anderen Zeiten nicht kam. Die kleine Gaststube wurde in eine Näh- und Flickstube verwandelt.

Aber ihre Arbeit war von einer merkwürdigen Unruhe begleitet. Immer wieder suchte ihr Blick das Fenster, um hinauszuschauen auf den schmalen Weg, der ins Tal führte.

Sie wartete auf Bruno. Er war lange nicht mehr gekommen, und sie begriff erst jetzt so richtig, wie sehr ihr seine Gesellschaft fehlte.

Es verging ein Tag nach dem anderen, doch Bruno kam nicht. Aber als er dann endlich doch auftauchte, sah sie ihn gar nicht kommen; plötzlich und unvermutet trat er in die Stube.

»Grüß dich Gott, Luzie!«, ertönte seine Stimme hinter ihr.

Sie sprang in freudiger Überraschung auf und drehte sich zu ihm um. »Bruno!«

Der Besucher schmunzelte über ihre offensichtliche Freude über sein Auftauchen. »Hast du denn auf mich gewartet?«

Luzie nickte. »Und wie! Du bist schon eine Ewigkeit nicht mehr bei uns gewesen!«

Sie rückte einen Stuhl für ihn zurecht.

»Mein Vater hat meinem Bruder den Hof übergeben, und der hat geheiratet. Es gab eine Menge zu tun, auch für mich«, sagte er.

Er erzählte ihr, was sich seit ihrem letzten Zusammensein alles zugetragen hatte, aber es blieb ihr nicht verborgen, dass in dieser Sache irgend etwas nicht stimmte. Mit feinem Gespür hörte sie einen verborgenen Kummer heraus.

»Ist etwas nicht in Ordnung?«, fragte sie, als er schließlich schwieg. »Mir scheint, es gibt bei dieser Sache etwas, das dich bedrückt, Bruno.«

»Das mag schon sein. Es geht einem manchmal etwas gegen den Strich.« Er machte eine fahrige Bewegung, als hätte er es satt, darüber zu sprechen. »Und was treibt ihr hier auf der Hütte? Es ist wohl recht einsam geworden?«, fragte er ablenkend.

Da fing auch sie an zu erzählen von ihrem Tun und Treiben an den einsamen Tagen. Sie wusste von ein paar Hänseleien zwischen dem Jäger-Barthl und dem jungen Robert Haller zu berichten, die als Einzige zur Kreuzalphütte gekommen waren. Der Jäger-Barthl betreute ein umfangreiches Waldgebiet in den Bergen, das in Gemeindebesitz und an einen privaten Jagdherren verpachtet war, daran angrenzend befand sich der Staatswald, für den andere Leute, Staatsbedienstete, zuständig waren, darunter der junge Auszubildende Robert Haller. Wenn die beiden zusammentrafen, die gewissermaßen Konkurrenten in ihrem Gewerbe waren, dann kam es jedes Mal zu scherzhaften Sticheleien, doch Robert Haller konterte Barthls bissige Bemerkungen meist so schlagfertig, dass der Barthl oft am Ende einen hochroten Kopf bekam und seinen jungen Widersacher einen Grünling und Angeber nannte.

Je länger Bruno ihr zuhörte, desto mehr fühlte er, wie seine Sorgen von ihm abfielen. Wie gut tat es doch, endlich einmal wieder bei Luzie in der Hütte zu sitzen, ohne pausenlos über die Probleme des Falkenhofs nachzudenken! Er musste zusehen, dass er öfter Gelegenheit bekam, diese Gedanken von sich abzuschütteln.

»Schade, dass ich gleich wieder heimkehren muss, Luzie«, sagte er mit ehrlichem Bedauern.

»Ja, das ist schade«, erwiderte sie.

Er überlegte einen Moment und sagte dann: »Wenn das Wetter am Sonntag schön ist, dann könnten wir einen Ausflug hinüber zur Geißalpe machen. Sie ist wieder bewirtschaftet. Hast du Lust?«

»Gern!«, antwortete sie mit freudiger Zustimmung.

»Also – sag dem Richard einen schönen Gruß! Bis zum Sonntag! Ich werde dich hier abholen.«

Rasch drückte er ihr die Hand, und ehe sie ihm vor die Tür hinaus folgen konnte, sprang er schon über die Felsblöcke den Hang hinab.

3

Im Wirtshaus des Gebirgsdorfes Hochwies saßen vier Männer in der kleinen, überheizten Gaststube in gemütlicher Unterhaltung beisammen, während draußen die Abenddämmerung langsam in die Nacht überging. Bald sollte im großen Nebenraum, der je nach Bedarf für Hochzeiten und andere Feste oder zum Theaterspiel genutzt werden konnte, die Probe für das neue Theaterstück beginnen.

Da war der schweigsame, nachdenkliche Manzen-Max mit seinen ergrauenden, widerspenstigen Locken. Er war hauptamtlicher Holzwart für die Gemeindewälder von Hochwies und spielte leidenschaftlich gern Theater. Neben ihm saß der finster wirkende Hessen-Michl, ein Schreinermeister, der auf der Bühne so trefflich den Typ des gallenbitteren Grantlbauers darzustellen wusste, der je nach Inhalt des Theaterstücks Tochter oder Sohn, seiner Frau oder auch den Nachbarn das Leben sauer machte. Der Dritte war der Baulen-Xaver, von Beruf Schuster; er verfügte über ein ausgeprägtes komisches Talent und war so zu einer beliebten und unentbehrlichen Bühnengestalt geworden. Das Wort führte Vinzenz Stadler, ein pensionierter Zollinspektor mit einem wohlgerundeten Bäuchlein, einer polierten Totalglatze und kleinen beweglichen Augen hinter breitumrandeten Brillengläsern. Er hatte nach seiner Pensionierung Hochwies zu seiner Wahlheimat erkoren und sich auf einem Hügel hinter dem Dorf ein schmuckes Haus gebaut. Da er ein großer Freund des Laienspiels war, hatte es sich ganz von selbst ergeben, dass er zum Spielleiter der Hochwieser Theatergruppe wurde, und er versah dieses Ehrenamt mit ebenso viel Eifer wie Freude.

Diese vier Männer fanden sich jeweils schon eine gute Stunde vor Beginn der Theaterproben ein; sie hatten das Bedürfnis, vorher noch einen Krug Bier zu trinken und nebenbei die kleinen Ereignisse im Dorf zu besprechen.

Es gab wie so häufig nicht viele Neuigkeiten in Hochwies, und vor allem keine wirklich aufregenden, denn die Leute von Hochwies waren ein friedliches Völkchen. Und doch fanden die vier Männer immer genügend Stoff zu gemütlicher Unterhaltung.

Augenblicklich war es die Hochzeit im Falkenhof, über die man reden konnte. Viele waren davon überrascht worden, denn man hatte eigentlich damit gerechnet, dass der Falken-Schorsch die Wally, die Tochter des Fallmüllers, heiraten würde. Und nun hatte der junge Bauer seine Braut von auswärts geholt.

Das war immerhin ein Anlass zu lebhaften Diskussionen.

»Es hätte mich eigentlich auch gewundert, wenn der junge Falkenhofer dieses schüchterne Mauerblümchen geheiratet hätte!«, spottete der Baulen-Xaver. »Und außerdem ist es nicht gerade verlockend, den Fallmüller zum Schwiegervater zu kriegen.«

»Aber das Geld hätte er doch sicher brauchen können«, entgegnete der berechnende Hessen-Michel. »Ich hätte mir das an seiner Stelle schon gründlich überlegt. Und dass er sich ausgerechnet eine von so weit her gesucht hat! Gibt es denn bei uns kein Mädchen, das als Falkenhoferin geeignet wäre?«

Und so gingen die Meinungen eine Weile hin und her, bis dann der Zollinspektor die Diskussion beendete:

»Wenn der Nachbar die Nachbarin heiratet, der Sohn des Oberbauern die Tochter des Unterbauern – wenn also die Jungen alle nur über die Straße heiraten, wie es in Hochwies seit eh und je so häufig der Fall ist –, dann kann es mit der Zeit keine gesunden Nachkommen mehr geben. Inzucht nennt man das, und was das bedeutet, weiß jeder von uns. Es gehört wieder mal frisches Blut ins Dorf! Deshalb kann ich dem Schorsch nur Recht geben, wenn er sich eine Frau nimmt, die nicht von hier stammt. Schließlich will er auch einmal gesunde Kinder haben.«

Nach diesen aus voller Überzeugung gesprochenen Worten griff Herr Stadler nach seinem Krug und nahm einen kräftigen Schluck.

Wer wollte ihm da noch widersprechen? Es war so, wie Herr Stadler gesagt hatte, zur Hälfte waren die Dorfbewohner untereinander verschwägert und verwandt.

Der heitere Baulen-Xaver glaubte schließlich, Herrn Stadler doch eine Entgegnung schuldig zu sein.

»Aber von einer Frau aus dem eigenen Dorf weiß man genug, um sich sicher sein zu können, was sie kann«, gab er zu bedenken. »Nach allem, was man hört, lässt sich die neue Falkenhoferin nicht besonders gut an, und eine eingebildete Gans soll sie auch noch sein. Ich sage euch, dem Falkenhof stehen keine guten Zeiten bevor mit einer solchen Bäuerin. Wie das Sprichwort sagt: Wenn der Teufel nicht anders an einen Mann herankommt, dann steckt er sich hinter ...«

Er brach mitten im Satz ab, als jemand ihm kräftig gegen das Schienbein stieß, und er begriff, dass dieser ihn zum Schweigen zu bringen versuchte. Ein Blick auf die offen stehende Tür zeigte dem Xaver, dass Bruno, der plötzlich erschienen war, bereits alles, was er gesagt, mit angehört hatte. Verlegen rutschte er auf seinem Stuhl hin und her.

Bruno kam näher und trat an den Tisch. Er schaute dem Xaver ins Gesicht.

»Sprich es ruhig aus«, sagte er. »Wenn der Teufel nicht anders an einen Mann herankommt, dann steckt er sich hinter ein hübsches Frauenzimmer! Das wolltest du doch sagen – oder nicht?«

Die Unterhaltung drohte ungemütlich zu werden.

»Das sind eure Familienangelegenheiten und gehen andere nichts an«, sagte der Zollinspektor, um den drohenden Streit abzuwenden. »Wir wollen mit der Probe anfangen.«

Vom Gang her hörte man Stimmen und das Auflachen der Mädchen, und auf der Stiege, die zum Saal hinaufführte, ertönte ein Gepolter. Die Theatergruppe war im Anmarsch, und die vier Männer tranken ihre Krüge leer. Bruno stand noch da und grübelte vor sich hin. Da fühlte er eine Hand auf seiner Schulter. Es war Herr Stadler.

»Lass es gut sein, Bruno! Wenn irgendwo geheiratet wird, gibt es immer Geschwätz unter den Leuten«, sagte er beschwichtigend. »Was im Falkenhof geschieht, geht allein euch an! Die Hauptsache wird sein, dass du bleibst, was du bis heute bist: ein wackerer Bursche, ein Falke, der sein Nest verteidigt, wenn es sein muss. Komm, wir wollen zur Probe gehen.«

Trotz der aufmunternden Rede des Zollinspektors konnte sich Bruno nicht aus seinen bekümmerten Gedanken lösen. Gerade diese freundlichen Worte hatten ihm erneut gezeigt, dass nicht nur er sich Gedanken über die Zukunft des Falkenhofes machte; auch andere, fremde Leute, die es nicht näher anging, redeten über die neue Bäuerin, und sie wussten über sie nichts Gutes zu sagen. Würde sie jemals eine Frau werden können, wie sie der Falkenhof brauchte?

Bruno riss sich zusammen, als er merkte, dass den anderen seine Zerstreutheit aufzufallen begann, denn sonst fanden ja die Theaterproben stets seine ungeteilte Aufmerksamkeit. Nun, da er sich wieder in der Gewalt hatte, begann er, Spaß an seiner Rolle zu bekommen, und die Probe, die sich bis dahin unlustig dahingeschleppt hatte, nahm jetzt endlich den Verlauf, auf den der Zollinspektor gehofft hatte.

Als die Probe schließlich beendet war, blieben einige der jungen Spieler noch in dem Theatersaal zurück. Bruno wechselte ein paar freundliche Worte mit seiner Partnerin, der Tochter des Zollinspektors. Luise Stadler, die modisch gekleidet war und mit ihrem braun gelockten Bubikopf gut aussah, und er unterhielten sich angeregt, als sich ihnen Robert Haller näherte.

»Nun, Fräulein Stadler, was sagen Sie zu Ihrem Partner? Ist er nicht der geborene Heldenspieler – unser Alpenkönig?«

»Alpenkönig?«

Der junge Forstmann zwinkerte ihr zu. »So hat ihn ein hübsches Mädchen genannt, und die Bewusste wird wohl wissen, warum.«

Als er unmittelbar danach die Tochter des Zollinspektors fragte, ob er sie heimbegleiten dürfe, ging Bruno ein Licht auf, wieso Robert in ihrem Beisein auf Luzie angespielt hatte. Er wollte ihn damit vorsorglich als Konkurrenten um die Gunst der Zollinspektorstochter ausschalten! Bruno schmunzelte, als er den Theatersaal verließ und seinen Heimweg antrat.

Mit raschen Schritten ging er durch die Gassen des Dorfes auf die Landstraße. Der föhnige Wind trieb schwarze Wolken über den Himmel. Sie verdeckten zuweilen den Mond, der über den Bergen stand, und dann wurde es immer ganz dunkel.

Erst als Bruno an dem Kreuzweg stand, wo eine Straße rechts zum Falkenhof, eine andere links zum Hof des Fallmüllers hinaufführte, fiel ihm auf, dass er, ohne es selbst zu merken, den falschen Weg genommen hatte. Was wollte er jetzt noch in der Nacht im Falkenhof? Dort lagen die Leute ja längst in den Betten; kein Licht war mehr zu sehen. Nur droben beim Fallmüller waren noch ein paar Fenster beleuchtet.

Er schüttelte den Kopf über seine Gedankenlosigkeit und wollte sich gerade auf den Heimweg machen, da hörte er auf einmal von der Auffahrt des Fallmüllers her eilige Schritte. Oder täuschte er sich?

Nein, die Schritte kamen schnell näher. War das etwa die Wally? Um diese Zeit?

Da tauchte auch schon aus der Dunkelheit eine Gestalt auf und wollte an ihm vorbeilaufen.

»Wally!«, rief er.

Sie schrak heftig zusammen, denn offensichtlich hatte sie ihn im Dunkeln und in ihrer augenscheinlichen Eile gar nicht bemerkt.

»Ich bin's – der Bruno«, sagte er rasch. »Ist etwas passiert, dass du mitten in der Nacht ins Dorf läufst?«

»Ich muss Hilfe holen; eine Kuh ist beim Kalben, aber es dauert schon fast zwei Stunden, und es geht nicht vorwärts. Mein Vater und ich kommen alleine nicht zurecht damit. Der Tierarzt ist nicht zu erreichen, er ist wegen eines Notfalls unterwegs.«

Aufgeregt wollte sie weitereilen.

Einen Augenblick zögerte er. ›Was geht mich der Fallmüller und sein Stall an?‹, dachte er. ›Der Kerl wird sich bedanken, wenn gerade vom Falkenhof jemand zu ihm kommt.‹ Aber dann dachte er an das leidende Tier, dem es egal sein konnte, ob dem Fallmüller ein anderer Helfer lieber gewesen wäre. Er hatte schon mehrmals in schwierigen Fällen erfolgreiche Geburtshilfe geleistet.

»Wally!«, rief er. »Bleib da! Ich werde euch helfen.«

»Du?«, antwortete sie staunend.

»Glaubst du, dass ich es nicht kann?«

Nein, das glaube sie nicht, sie könne nur nicht fassen, dass ausgerechnet er ihr seine Hilfe anbot. Der Fallmüller und die Falkenhofleute wären doch seit eh und je nicht gut aufeinander zu sprechen.

Gemeinsam hasteten sie nun die Anhöhe zum Haus hinauf.

»Es ist lange her, Wally, dass ich diesen Weg gegangen bin«, sagte er beim Laufen. »Damals waren wir noch Kinder. Aber was können wir beide dafür, wenn sich unsere Väter streiten?«

Sie sagte nichts, aber er fühlte, wie peinlich ihr diese Bemerkung war.

»Weißt du noch, Wally, wie wir uns jeden Morgen unten am Kreuzweg getroffen haben und dann in die Schule gelaufen sind?«

Sie nickte.

»Einmal bin ich im Winter auf dem Teich eingebrochen. Ich wäre damals ertrunken, wenn du mich nicht herausgeholt hättest«, sagte sie.

»Und daran denkst du immer noch?«

»Ich werde es nie vergessen!«

Sie kamen bei dem Einödhof an. Aus den Stallfenstern flackerte Licht.

Wally öffnete die Tür und führte Bruno in den Stall.

Der Fallmüller stand vor der kalbenden Kuh. Seine breite Gestalt wandte sich dem Eintretenden zu. Auf seinem Gesicht stand der Schweiß.

»Der Bruno!«, sagte er nur.

Bruno warf die Joppe ab und krempelte die Hemdsärmel auf. Mit knappen Worten sagte er dem Fallmüller, was er an Hilfeleistung beizutragen hatte. Alles andere tat er selbst – und zwar so überlegt und geschickt, dass kaum zehn Minuten später das neugeborene Kalb lebendig und ohne Schaden genommen zu haben zur Welt gebracht war.

Während sich der Fallmüller noch weiter um die Kuh und das Kalb kümmerte, stand Bruno über einen Wassereimer gebeugt und wusch sich die Hände. Auf die Wand vor ihm fiel ein Schatten einer vierschrötigen Gestalt. Da wusste er, dass der Fallmüller hinter ihm stand. Bruno wandte sich um und begegnete dem Blick des Bauern.

»Was kostet's, Bruno?«

»Nichts. Das war Hilfe unter Nachbarn, dafür will ich nichts haben.«

»Eine gute Arbeit ist ihres Lohnes wert, Bruno!«

Der Fallmüller fuhr mit der Hand in die Hosentasche.

»Lass das!«, sagte Bruno abweisend. Er trocknete sich jetzt die Hände ab und schlüpfte in seine Joppe, um zu gehen.

»Stolz wie ein Falkenhofer!«, sagte der Fallmüller grinsend. Er konnte es nicht verstehen, dass man angebotenes Geld ausschlagen konnte.

Bruno warf ihm einen befremdeten Blick zu.

Der Fallmüller verzog den Mund zu einem breiten Lachen.

»Du bist schon in Ordnung, Bruno! Für die Dummheit deines Bruders kannst du ja nichts.«

Brunos Miene verdüsterte sich, aber er schwieg und ging der Tür zu. »Gute Nacht!«, grüßte er kurz.

»Ich danke dir, Bruno. Vielleicht kann ich auch mal etwas für dich tun!«, rief ihm der Bauer nach.

Bruno gab darauf keine Antwort, sondern zog die Tür hinter sich zu. Draußen in der Dunkelheit kam ein Schatten auf ihn zu.

»Was ist noch, Wally?«

»Mir tut es Leid, dass es zwischen dem Falkenhof und uns zur Feindschaft gekommen ist. Mein Vater ist schuld daran! Er kann manchmal so stur sein ...«

»Lass es gut sein, Mädchen. Wir beide müssen uns an diese Feindschaft ja nicht halten.«

Sie gab sich noch nicht zufrieden.

»Es war die Idee meines Vaters, dass ich bei euch einheiraten soll, und seine Rechnung wäre ohnehin nicht aufgegangen – weil ich den Schorsch nie geheiratet hätte!«

»Das heißt, dass du den Schorsch nicht gern genug gehabt hättest, wie?«, fragte er.

»Ich lasse mich doch nicht einfach verkuppeln!«, antwortete sie trotzig.

»Da hast du schon recht, Wally. Ich auch nicht.«

»Ich danke dir für die Hilfe, Bruno! Der Vater hat es vielleicht nicht getan.«

Bruno grinste. »Doch, er wollte mich sogar dafür bezahlen.«

Sie nickte.

»Das sieht ihm ähnlich. Geld! Etwas anderes zählt für ihn nicht. Du kommst in letzter Zeit, seit der Hof deinem Bruder gehört, nicht mehr so oft zum Falkenhof, ist mir aufgefallen.«

»Kaum. Zum Vater ins Pfründhaus komme ich aber regelmäßig.«

»Ja, das wird ihn sicher freuen. Ein alter Mann, der auf einmal nichts mehr zu tun hat, kommt sich sicher manchmal überflüssig auf der Welt vor.«

Das hatte Wally klug erkannt. Bruno war überrascht, dass sie sich offenbar Gedanken über seinen Vater gemacht hatte. Überhaupt war sie ein ganz vernünftiges und auch hübsches Mädchen.

Er gab ihr die Hand. »Mach's gut, Wally!«

»Du auch!«, erwiderte sie, und sie schaute ihm lächelnd nach, als er mit großen Schritten die Straße hinabeilte.

Der Winter hatte endgültig abgedankt, und der Frühling stand in seiner ersten zarten Blüte. Bei strahlendem Sonnenschein stieg der Falken-Bruno zur Kreuzalphütte auf. Es war Sonntag, und er wollte mit Luzie den verabredeten Ausflug zur Geißalpe machen.

Sie erwartete ihn schon vor der Tür, und in ihrem duftigen Kleid sah sie selbst aus wie der lachende Frühling.

»Du hast also Wort gehalten!«, rief sie ihm entgegen.

»Hast du daran gezweifelt?«

»Nein – aber es freut mich, dass du da bist.«

Er hielt sich nicht lange in der Hütte auf; beide wollten schnell hinaus, solange die Sonnenstrahlen noch so schön wärmten.

Hand in Hand wie zwei Kinder sprangen sie den Weg hinab und tauchten in den Bergwald ein.

Schon nach einer knappen Stunde waren sie am Ziel. Umgeben von gigantischen Felszinnen stand in einem grünen, kesselartigen Hochtal einsam eine Hütte – ein verwittertes Blockhaus mit abgeflachtem, weit herabreichendem Dach.

Das war die Geißalpe, ein viel besuchtes Wanderziel, denn hier fand man nicht nur ein wunderschönes, wildromantisches Fleckchen Erde, sondern auch eine vorzügliche Bewirtung. Dafür sorgte ein gemütlicher Senn.

Aus dem Kamin stieg der Rauch kerzengerade auf.

Bruno, endlich wieder seinen geliebten Bergen nahe, fühlte plötzlich, wie alle Lasten, die ihn bedrückt hatten, von seiner Seele abfielen. Er schaute in die zerklüfteten Kare, in denen noch tiefer Schnee lag, auf das flimmernde Gestein, auf die Rinnen und Schatten.

Das war seine Welt. Und es gab hier keinen Gipfel, auf dem er noch nicht gewesen, und keine Wand, die er noch nicht durchstiegen hätte. Hier fühlte er sich frei, das war sein wahres Zuhause.

Luzie beobachtete ihn und begriff sofort, was ihm durch den Kopf ging.

»Jetzt hat es dich wieder gepackt, das Bergfieber, das sehe ich dir an«, sagte sie.

Bruno nickte mit leuchtenden Augen.

»Genau! Und ich hoffe, nicht ohne dich, Luzie – auf alle Gipfel, wie sie da vor mir stehen, sollst du mitkommen! Wir zwei werden sie alle bezwingen!«

Und dann holte Bruno tief Atem, und plötzlich erklang seine Stimme in einem langen Jodler. Immer höher stieg der Gesang, bis er in einem frohen Jauchzer endete.

Und als er schwieg, antworteten die Berge mit einem vielstimmigen Echo.

Luzie klatschte in die Hände.

»Noch einmal! – bitte, noch einmal!«, bat sie.

Er tat ihr den Gefallen.

Da ging drüben an der Hütte die Tür auf. Ein paar Gäste traten vor das Haus, um dem Frühlingsgruß dieses Bergbewohners zu lauschen. Auch sie spendeten laut Beifall, als der Sänger geendet hatte.

Kaum hatten dann Bruno und Luzie ihren Weg zur Alm fortgesetzt, als hinter ihnen ein lauter Zuruf ertönte.

Jetzt merkten sie, dass ihnen ein weiteres Paar folgte; es war der junge Forstgehilfe Robert Haller, und in seiner Begleitung befand sich Luise, die Tochter des Zollinspektors.

»Ich hab's doch gewusst!«, rief der Jäger. »Dieser Urschrei konnte doch nur von einem kommen – dem Falken-Bruno!«

Formvollendet machte er die beiden Mädchen miteinander bekannt, die sich bisher noch nie gesehen hatten; dann erst begrüßte er den Freund.

»Schön, dass wir uns hier so unerwartet treffen. Als ob wir uns verabredet hätten! Also, auf zur Alm!«

Sie betraten die Hütte. An einem Tisch saßen ein paar Menschen beisammen, lauter fremde Gesichter, aber sie winkten ihnen freundlich zu.

Bei fröhlicher Unterhaltung wurde nun gezecht. Bruno war jedoch seltsam einsilbig geworden. Die anderen wechselten verwunderte Blicke.

Ja, Bruno hatte durch die Begegnung wieder einmal eine Gelegenheit verpasst, Luzie seine Liebe zu gestehen, einen Moment, in dem er imstande gewesen wäre, seinen Gefühlen freien Lauf zu lassen! So gern er seinen Freund Robert eigentlich hatte, aber diese Begegnung hatte ihm nicht ins Konzept gepasst. Deshalb war er nicht zu Gesprächen aufgelegt.

Schließlich nahm der Senn die Gitarre von der Wand und gab sie Bruno in die Hand. Aber der schüttelte ablehnend den Kopf.

»Heute nicht, Thomas!«, sagte er.

Doch die anderen Gäste bedrängten ihn stürmisch. Von allen Seiten wurde er um ein Lied gebeten, so sehr er sich auch sträubte.

»Komm, sing doch! Irgendein lustiges Lied! Eines nur!«, bat Robert.

»Ein lustiges Lied? Dazu müsste man aufgelegt sein.«

»Bist du's denn nicht?«

»Nein.«

»Dann singen Sie doch etwas, nach dem Ihre Stimmung gerade verlangt«, sagte da eine andere Stimme. Es war Luise.

Bruno begegnete dem Blick ihrer dunklen Augen. Sie sahen sich an, und plötzlich griffen seine

Finger in die Saiten. Ein paar schwermütige, traurige Mollakkorde erklangen.

Und dann sang er:

»Ich hab die Nacht geträumet
wohl einen schweren Traum,
Es wuchs in meinem Garten
ein Rosmarienbaum.
Ein Kirchhof war der Garten,
ein Blumenbeet das Grab,
Und von dem grünen Baume
fiel Kron und Blüte ab.
Die Blätter tät ich sammeln
in einen goldnen Krug,
Der fiel mir aus den Händen,
dass er in Stücke schlug.
Draus sah ich Perlen rinnen
und Tröpflein rosenrot –
Was mag der Traum bedeuten?
Ach, Liebste, bist du tot?«

Es wurde kein Beifall gespendet, obwohl Bruno herrlich gesungen hatte. Das Lied war zu ernst gewesen und hatte alle ergriffen.

Bruno legte die Gitarre weg.

Dann wandte er sich an seine Gefährtin.

»Gehen wir, Luzie!«

Sie stand sogleich auf, und nach kurzem Abschied verließen die beiden die Alm.

»Wie bist du bloß auf dieses traurige Lied gekommen?«, fragte Luzie auf dem Heimweg.

»Ich weiß es nicht. Mir war so, als ob ich erahnen könnte, dass mein Leben eine ganz andere Wendung nehmen wird, als ich immer gedacht habe.«

Er schüttelte den Kopf, unwillig über sich selbst. »Ach, das ist doch alles Unsinn! Ich hoffe, ich habe dir den schönen Tag nicht verdorben, Luzie. Ich weiß nicht, was mich da vorhin in der Hütte gepackt hat.«

Die Sonne war schon hinter die Berge hinabgesunken, als Bruno von der Kreuzalphütte zu Tal stieg.

Als er durch die Höllenklamm ging, kam ihm plötzlich der Geyer-Franz in den Sinn. Er erinnerte sich an dessen Lachen, das ihn so verärgert und das vielleicht ihm gegolten hatte, und er spürte auf einmal das Verlangen, den Sonderling aufzusuchen.

Er bog vom Weg ab, kletterte die Wand über dem rauschenden Wildbach hinauf und ging dann über Geröll und Felsstürze die Anhöhe hinauf, hinter der sich die Wohnstätte des Mannes verbarg.

Düster schauten die kleinen, unverhängten Fenster des Hauses in die Welt. Grau und verwittert waren die Wände; das Dach zeigte böse Schäden und schien von den Stürmen schräg zur Seite gedrückt worden zu sein.

Neben der schiefen, eingesunkenen Tür lag ein Dunghaufen und daneben ein Stapel von altem, halbverfaultem Brennholz. Wie konnte ein Mensch nur so hausen?

Bruno stieß die Tür auf und tastete sich durch einen dunklen Gang; dann betrat er einen Raum, in dem nichts war als ein grober Tisch und ein mit karierten Kissen beladenes, abgenütztes Sofa. Der Raum diente offenbar zum Schlafen und Wohnen und wohl auch noch zum Kochen, denn in der Ecke stand ein alter, Holz befeuerter Herd, in dem ein Feuer prasselte. Die Luft roch nach saurer Milch.

An der Wand über dem Sofa hing ein ganz eigenartiges Bild; es stellte einen Wald dar. Am merkwürdigsten daran war, dass das Bild von vielen Strichen durchzogen wurde, die alle in einem roten Punkt zusammenliefen, und über dem Punkt war ein kleines Kreuz eingezeichnet.

Bruno konnte sich nicht vorstellen, was diese Darstellung zu bedeuten hatte. Während er noch darüber nachgrübelte, ging die Seitentür auf und herein kam der Geyer-Franz. Auf seinem rechten Arm trug er ein Ziegenkitzchen, das an einem der Vorderfüße einen Verband trug. Vorsichtig legte er das Tier in eine mit Heu ausgelegte Kiste.

Dann erst wandte er sich dem unverhofften Gast zu und betrachtete ihn eine Weile mit Misstrauen.

Es war auch für Bruno schwer, ein einleitendes Wort zu finden. Er wusste ja selbst nicht so genau, was ihn zu diesem Besuch veranlasst hatte.

»Was fehlt denn dem Kitz?«, fragte er schließlich.

»Es hat den Fuß gebrochen. Über eine Wand ist es abgestürzt.«

»Lass sehen!«

»Kannst du helfen?«

»Vielleicht.«

Zögernd nahm der Geyer-Franz das Tier aus der Kiste und kam heran. Bruno löste den Verband und befühlte eine Weile den Bruch; und da machte er plötzlich einen raschen Griff und richtete den Knochen ein. Das Tier meckerte jammernd auf und wollte davon, aber der Geyer-Franz hielt es fest. Bruno fertigte nun aus einem Stück Holz eine Schiene an und band den Fuß des Kitzchens fest ein. Als die Prozedur beendet war, trug er es auf das Lager zurück und streichelte das zottige Fell.

Das gefiel dem Geyer-Franz. Er gab seine misstrauische Zurückhaltung auf.

»Vergelt's Gott!«, sagte er.

Bruno winkte ab. Sein Blick wanderte wieder zu dem seltsamen Bild an der Wand.

»Was soll denn das bedeuten?«, fragte er. Der Mann wurde sichtlich verlegen.

»Das ist der Wald hier«, antwortete er.

»Und das Kreuz?«

»Da hab ich meinen Vater gefunden, damals ...«

»Ach!« Jetzt ging Bruno ein Licht auf. »Was bezweckst du denn damit?«

Der Geyer-Franz schwieg.

»Suchst du nach dem Täter?«

»Solange ich lebe. Ich habe es meiner Mutter an ihrem Sterbebett geschworen!«

»Aber was willst du denn damit erreichen, Franz? Dein Vater hat gewildert, ganz unschuldig war er also nicht an seinem Schicksal.«

Da funkelten die Augen des Mannes zornig auf. »Man hat ihn angeschossen und einfach verrecken lassen! Er lag stundenlang dort im Wald und hat noch gelebt. Und er könnte heute noch leben, wenn derjenige, der ihn angeschossen hat, einen Arzt geholt hätte. Das war Mord, und das will ich rächen!«

»An wem?«

»An dem Mörder natürlich!«

»Überleg dir doch, wie viele Jahre das schon her ist. Wie soll man den Täter nach so langer Zeit noch finden? Du müsstest auch beweisen können, dass er der Schuldige war. Und das ist wohl fast unmöglich. Besser wäre es, wenn du die Vergangenheit endlich ruhen lassen würdest.«

Der Geyer-Franz schwieg. Bruno wandte sich zum Gehen und warf noch einmal einen Blick auf das Kitz.

»Wenn der Fuß anschwillt, dann musst du kühle Umschläge machen«, sagte er.

»Vergelt's Gott!«, wiederholte der Geyer-Franz noch einmal und begleitete Bruno bis an die schiefe Haustür.

4

Die Tage und Wochen gingen dahin. Die Wiesen fingen an zu blühen, das Gras wuchs höher, und an den Zäunen blühten Jasmin und Holunder.

Bruno vermied es immer sorgfältiger, auf den Hof zu kommen, denn die Spannungen dort waren inzwischen so offensichtlich, dass er dort immer das Gefühl hatte, unter einer Gewitterwolke zu stehen, die sich jeden Moment entladen konnte. Wenn er nach Feierabend von der Säge kam, ging er stattdessen lieber zum Pfründhaus, wo der Vater auf ihn wartete.

Einmal aber geschah es dann doch, dass Henriette gerade über den Hof lief, als er auf dem Weg zu seinem Vater war. Bruno grüßte und wollte vorübergehen. Doch Henriette sprach ihn an: »Warum lässt du dich in letzter Zeit gar nicht mehr bei uns sehen?«

Bruno zögerte, bevor er anwortete: »Es ist besser, wenn ich wegbleibe, glaube ich. Wie geht's bei euch?«

»Gut.«

Bruno wusste nur zu genau, dass dies nicht so ganz stimmte, denn Paula, deren Groll auf die neue Bäuerin immer noch nicht kleiner geworden war, berichtete haarklein und ausführlich von jedem Versäumnis, das Henriette unterlief, und das waren nicht wenige. Das frühe Aufstehen jeden Morgen machte ihr besonders zu schaffen, und schon mehr als einmal hatte sie Paula morgens mit all der Arbeit alleine gelassen, um, wie sie meinte, wieder einmal ausschlafen zu können.

Dass sogar Schorsch seiner Frau deswegen schon Vorwürfe gemacht hatte, war der alten Frau eine besondere Genugtuung, und sie erwähnte es immer wieder. Henriette mochte ihre Qualitäten haben, aber zur Bäuerin war sie ganz offensichtlich nicht geboren. Wozu sollte das bloß noch führen?

Doch Bruno ließ sich nichts anmerken.

»Das ist schön, Henriette. Und wie kommst du mit dem Vater aus?«

»Nun, es passt ihm freilich nicht alles, was auf dem Hof anders gemacht wird als früher.«

»Er ist ein alter Mann, Henriette, das musst du verstehen ...«

Er brach ab, denn eben war Schorsch unter der Tür erschienen, und als er den Bruder erkannte, kam er sofort heran.

»Einen seltenen Besucher haben wir da. Was führt dich zu uns?«, fragte er mürrisch.

»Ich wollte eigentlich gar nicht zu euch. Ich habe bloß ein bisschen mit Henriette geplaudert ...«

»Du bist wohl auf dem Weg zum Vater, was?«

»Ja.«

Damit war die Unterhaltung bereits wieder zu Ende. Henriette warf ihrem Mann einen strafenden Blick zu und wandte sich dann nochmals an den Schwager.

»Es würde uns aber freuen, wenn du auch einmal bei uns einkehren würdest, Bruno.«

Schorschs Blick traf missbilligend seine Frau.

»Lass ihn nur, wenn er doch lieber zum Vater geht ...«

Bruno streifte den Bruder mit einem spöttischen Blick.

»Ich geh ja schon! Dann also ... gute Nacht!«

Ohne sich umzusehen, ging er auf das Pfründhaus zu.

Der Vater machte Bruno in letzter Zeit schwere Sorgen. Er schien förmlich zusammenzuschrumpfen; die Untätigkeit schien noch an seiner Gesundheit zu zehren, anstatt ihm Erholung zu bringen.

»Ist denn der Vater krank, Paula?«, fragte er die Haushälterin, die den alten Bauern aufopfernd betreute.

»Krank ist er wohl nicht, aber er kommt damit nicht zurecht, dass der Schorsch alles umkrempelt auf dem Hof, noch dazu, ohne vorher mit ihm darüber zu reden. Der Schorsch ist ja so furchtbar gescheit – und seine Bäuerin noch zehnmal gescheiter!«

Da Bruno aus Erfahrung wusste, dass jeder Widerspruch sinnlos war, schwieg er dazu.

Ein andermal geschah es, dass Bruno bei einbrechender Nacht, als er am Kruzifix unter den alten Ahornbäumen vorbeiging, plötzlich leise beim Namen gerufen wurde. Er schaute sich um. Der Falkenhof lag still und dunkel. Der Bauer schien nicht daheim zu sein.

Vor ihm stand plötzlich eine Frau, die aus dem Schatten der Bäume hervorgetreten war.

»Henriette!«

Henriette trat auf ihn zu. »Ich muss dir etwas erzählen, Bruno!«

Bruno runzelte die Stirn. »Jetzt? Mitten in der Nacht?«

»Ich muss es einfach jemandem erzählen, sonst platze ich noch. Ich bekomme ein Kind!«

Das hatte er nicht erwartet, aber diese Nachricht erfreute ihn. Das war endlich einmal eine Neuigkeit, die geeignet war, den Hausfrieden wiederherzustellen. Vielleicht wurde ja doch noch alles gut werden?

»Wie schön für euch!«, sagte er herzlich. »Schorsch wird sich sicher sehr darüber freuen.«

Henriettes Gesicht umwölkte sich.

»Schorsch habe ich es noch gar nicht gesagt. Er ... ich ..., nun, wir haben in letzter Zeit ein paarmal Streit gehabt. Er findet, ich kümmere mich nicht genug um meine Arbeit.«

Sie fröstelte, und ihr Gesicht leuchtete bleich aus der Dunkelheit.

»Dabei gebe ich mir wirklich Mühe, aber manchmal, wenn ich vor Tau und Tag aus dem Bett soll, da wünsche ich mir einfach nur noch, dass alle mich in Ruhe lassen.«

Henriette schluckte, und dann gestand sie: »Bruno, ich hatte mir das alles nicht so schwer vorgestellt. Ich will Schorsch nicht enttäuschen, aber vielleicht bin ich einfach nicht für ein Leben wie dieses geschaffen?«

Bruno wusste nicht, was er sagen sollte.

»Wenn du ein Kind hast, sieht das alles vielleicht wieder ganz anders aus«, meinte er schließlich. »Die Paula ... ich weiß, dass ihr euch nicht besonders gut miteinander vertragt, aber wenn ein Kind da ist, das sie verwöhnen kann, wird das bestimmt besser werden. Du wirst sehen, Henriette, ein Kind zu haben verändert das Leben vollständig. In ein paar Jahren lachst du vielleicht darüber, wenn du daran zurückdenkst, dass du einmal gedacht hast, du könntest keine gute Bäuerin sein. Sag Schorsch so bald wie möglich, was mit dir ist. Er wird sich gemeinsam mit dir freuen.«

Es war nicht zu erkennen, ob seine Worte eine Wirkung auf sie ausübten. Sie stand eine Weile schweigend da; dann zog sie das Tuch enger um die Schultern.

»Gute Nacht«, sagte sie plötzlich und ging auf das Haus zu.

Als Bruno später durch die nächtliche Ruhe im Dorf ging, klang von der Höhe der Gesang einer Frauenstimme herab; sie wurde von Klavierspiel begleitet und tönte weit über die stille Welt hin.

Die Tochter des Zollinspektors musizierte; das erleuchtete Fenster war weit geöffnet. Luise Stadler war nicht allein. Bruno hätte wetten können, dass es Roberts Silhouette war, die dann und wann an der erleuchteten Fensteröffnung auftauchte. Er war wohl gerade zu Besuch in dem Haus – und warum auch nicht? Warum sollten diese beiden nicht ein Paar werden? Sie passten gut zusammen, und nichts war natürlicher, als dass sie sich liebten.

Er dachte an das Mädchen von der Kreuzalphütte und an alle Abenteuer, die er schon mit Luzie erlebt hatte – im Fels und im winterlichen Gebirge.

Wieder tönte die schöne Mädchenstimme ins Dorf herab. Diesmal war es ein herbes Lied:

»Ich hab die Nacht geträumt wohl einen schweren Traum ...«

Es war dasselbe Lied, das er an jenem Sonntag im Frühling droben auf der Geißalpe gesungen hatte, und es erweckte in ihm Erinnerungen an diesen schönen Tag. Er wünschte sich plötzlich, Luzie wäre jetzt bei ihm.

Bruno schob schließlich seine Sorgen energisch zur Seite, um sich den eigenen Zukunftsplänen zu widmen. Vieles in seinem kleinen Sägewerk war abgenützt und veraltet; eine neue maschinelle Einrichtung und eine räumliche Erweiterung durch einen Anbau war dringend notwendig, wenn er sich Aufträge auch außerhalb des nächsten Umkreises verschaffen wollte. Bisher hatte er ausschließlich Holz im Auftrag der Bauern aus der Gegend bearbeitet, doch schon mehrmals hatte er Anfragen von Baufirmen gehabt, die ihm gerne geschnittenes Holz abgekauft hätten, und zwei davon hatten deutliches Interesse an einer langfristigen Zusammenarbeit signalisiert. Die ersten Anfragen hatte er abgelehnt, doch eines der Unternehmen, das nur wenige Kilometer weiter ansässig war, hatte ihm nun eine regelmäßige Abnahmegarantie für eine bestimmte Menge Holz zum Festpreis angeboten, und nachdem er sich erkundigt hatte, welchen Einkaufspreis er für die Bäume bezahlen müsste, begriff er, dass er damit ein gutes Geschäft machen würde.

Bruno war sich klar darüber, dass er die Modernisierung der Säge mit seinem Ersparten alleine nicht finanzieren konnte. Also musste er einen Kredit aufnehmen. Ein Gespräch mit der Bank, der er den Umfang seiner Pläne und die zu erwartenden Mehreinnahmen darlegte, mit deren Hilfe er den Kredit rasch zu tilgen hoffte, verlief positiv.

Mit der erhofften Darlehenszusage in der Tasche begann er unverzüglich, alle Maßnahmen für einen baldigen Umbau zu treffen, und so geschah es, dass sich in den folgenden Wochen das Bild der Säge mehr und mehr veränderte. Handwerker vergrößerten und erneuerten das Gebäude, Monteure stellten neue Maschinen auf, und Bruno selbst war vielfach auf den Holzschlägen zu sehen, wo die Waldarbeiter – oft in schwindelnder Höhe – die kerzengeraden, aus dem Fels hervorgewachsenen Bäume schlugen.

Bisher hatte die Säge ihm ein bescheidenes Auskommen gewährt. Nun zeichnete sich ab, dass er mit ihr sogar zu einem gewissen Wohlstand kommen konnte.

Doch es war ihm klar, dass dieser Wohlstand mit harter Arbeit erworben werden musste und ihm vorläufig kaum Freizeit bleiben würde. Damit war es also für geraume Zeit erst einmal vorbei mit den Bergfahrten und Klettertouren. Dies bedeutete ein schweres Opfer für ihn, und oft schaute er sehnsüchtig zu den steinernen Wänden hinauf, die schweigend auf ihn herabsahen, als ob sie sich darüber wunderten, dass er nicht mehr zu ihnen kam.

Als er einmal an einem Abend spät nach Hause kam, fand er an den Türstock angeheftet ein Edelweiß vor. Es war ein Gruß seiner Berge; irgendein guter Freund hatte ihm wohl die Blume gebracht.

Da stand er nun da und hielt das Edelweiß in der Hand. Plötzlich hörte er hinter sich Schritte, und ein Krückstock schlug in schleppendem Takt auf das Gestein. Bruno blickte sich um.

Es war der Vater.

Der alte Falkenhofer kam schwer atmend heran. Sein Blick war forschend auf das Gesicht des Sohnes gerichtet.

»Was grübelst du?«, fragte er.

Bruno streckte ihm das Edelweiß hin.

»Einen Gruß von den Bergen hat mir jemand an die Tür gesteckt, Vater. Ich habe gerade darüber nachgedacht, wie lange ich schon nicht mehr oben war. Ich wünschte, ich könnte mir einmal wieder Zeit dafür nehmen, so wie früher ...«

»So? Und sonst drückt dich nichts?«, fragte der Vater zweifelnd.

»Was soll mich denn drücken, Vater?«, fragte Bruno erstaunt zurück.

»Die Schulden, die du gemacht hast!«

Der Alte machte ein besorgtes Gesicht. Er war keineswegs glücklich darüber gewesen, dass Bruno sich so hoch verschuldet hatte, um seine Modernisierung der Säge bezahlen zu können.

»Ach, die tun mir nicht weh.«

»Ich kann dir nicht mehr helfen, wenn du Geldprobleme bekommst. Der Hof gehört mir nicht mehr. Und ob dein Bruder dir helfen würde ...«

Bruno winkte ab.

»Das wird nicht notwendig werden. Ich habe alles genau durchgerechnet. Komm, Vater, ich will dir zeigen, was ich alles geändert und erneuert habe.«

Er nahm den Vater beim Arm und führte ihn durch die neue Säge, um ihm vorzuführen, wie es jetzt dort aussah.

»Bub, Bub!«, sagte der Alte. »Was, wenn die Aufträge ausbleiben? Den Kredit musst du weiter zahlen, auch wenn du nur noch das halbe Geld verdienst. Womöglich kommst du noch an den Bettelstab!«

Bruno lachte.

»Keine Sorge, das wird nicht geschehen. Das Geschäft läuft gut, und an dem bisschen Kredit zahle ich keine fünf Jahre, dann bin ich wieder schuldenfrei!«

Der Alte wollte wohl nicht recht daran glauben, denn er packte ihn plötzlich in jähem Erschrecken am Arm. »Hast du dir das Geld am Ende von dem da droben geholt?« Er deutete zum Gehöft des Fallmüllers hinauf.

»Nein, wie kommst du denn darauf? Ich war bei der Bank, und die Rückzahlung ist vertraglich genau geregelt.«

»Dann ist es gut. Dem Fallmüller ist nicht zu trauen.«

Sie standen jetzt vor dem Haus.

»Noch etwas, Bruno. Im Falkenhof gibt's bald Zuwachs.«

Das war für Bruno zwar keine Neuigkeit mehr, trotzdem täuschte er Überraschung vor.

»Dann hat also der Hof wieder einen Erben.«

»Gott gebe es!«

»Ein guter Falke baut an seinem Nest, Vater.«

»Da hast du recht. Ein guter Falke! Aber glaub mir, es ist auf dem Hof nicht alles so, wie es sein soll.«

»Das wird schon wieder werden, Vater. Du wirst sehen, wenn das Kind einmal da ist, renkt sich so manches wieder ein«, erwiderte Bruno tröstend. Der alte Vater tat ihm Leid.

»Der Hof macht mir ernste Sorgen!«, fuhr der Vater fort. »Die Bäuerin hat nicht viel Freude an der Arbeit, und in letzter Zeit wird es immer schlimmer mit ihr.«

»Aber Vater, sie ist schwanger. Sicher muss sie sich schonen.«

»Aber wo hat man je so etwas gehört? Welche Bäuerin legt die Hände in den Schoß, wenn sie ein Kind erwartet? Die Henriette ist eben keine richtige

Bäuerin; sie passt einfach von ihrer Herkunft her nicht auf den Hof! Wie soll das nur weitergehen? Der Schorsch ist viel zu weich, um ihr Beine zu machen. Die alte Paula macht das meiste, was Henriettes Aufgabe wäre. Das nimmt kein gutes Ende, Bruno!«

Es war Herbst geworden, und die Ernte war unter Dach. Es konnte niemanden mehr bekümmern, dass am Himmel schwarze Regenwolken aufzogen und die Berge verhängten und dass mit dem Wind kühle Luftmassen herantrieben.

Nur dem Raben im Gezweig des alten Ahornbaumes schien der Wetterumschwung nicht zu gefallen. Mit krächzender Stimme schimpfte er in den regnerischen Tag hinein, bis der Bauer vom Falkenhof unter der Tür erschien und den gefiederten Schreier verscheuchte. Er tat es Henriette zu Gefallen, die das Bett hüten musste, weil sie unter krampfartigen Schmerzen litt.

Sie hatte eine problematische Schwangerschaft, die Bäuerin, die ihr schwer zu schaffen machte und auch den Arzt immer wieder zu besorgtem Stirnrunzeln veranlasste. Von ihm stammte auch die Anweisung der strikten Bettruhe für die werdende Mutter, wenn sie Schmerzen bekam.

Paula brummte dazu und war offensichtlich der Meinung, dass Henriettes Leidensmiene nur aufgesetzt sei. Schorsch aber machte sich ernste Sorgen um sie, zumal der Arzt ihm ans Herz gelegt hatte, die Schwangerschaftsbeschwerden seiner Frau nicht leichtfertig zu unterschätzen.

Schorsch war weit entfernt davon, die Verfassung seiner Frau auf die leichte Schulter zu nehmen.

Mehrmals am Tag sah er nach ihr. Doch um die Mittagsstunde erschrak er, als er zu ihr hereinkam, denn Henriette stöhnte vor Schmerzen und war kaum mehr bei Sinnen. Unverzüglich rief er den Arzt an.

Dieser kam, nachdem Schorsch ihm am Telefon die Verfassung seiner Frau beschrieben hatte, in so fliegender Eile mit seinem Auto herangebraust, dass er beim Bremsen ins Schleudern kam und beinahe einen Zaunpfahl umgefahren hätte.

Er nahm sich nicht die Zeit, den Bauern lange zu befragen, sondern hastete, immer zwei Stufen auf einmal nehmend, die Treppe zum Schlafzimmer empor, wo die Bäuerin lag.

Während der Arzt oben bei der Kranken zugange war und nur die Paula immer wieder von ihm heruntergeschickt wurde, um dieses oder jenes zu holen, hielten sich die beiden Falkenhofer, Vater und Sohn, in der Stube auf und warteten. Schweigend traten sie zum Fenster und schauten mit umwölkten Stirnen in den regnerischen Tag hinaus, der heute vorzeitig erlosch.

Sie fürchteten beide, dass die Bäuerin ihr Kind verlieren würde, wagten es jedoch nicht, dies laut auszusprechen.

Schorsch ging ein paarmal zur Tür in der Absicht, nach oben zu gehen und nach dem Stand der Dinge zu schauen. Aber er kehrte immer wieder um; er hatte nicht den Mut dazu.

So verstrich eine Stunde, in der nichts zu hören war als das Knarren der Deckenbohlen unter den Schritten oben in der Kammer.

Es schien eine Ewigkeit vergangen, als endlich die alte Paula über die Stiege herabkam. Sie trug eine Schüssel und sollte frisches Wasser holen.

Schorsch riss die Stubentür auf und schaute die Magd mit stummer Frage an.

»Die Bäuerin hatte eine Fehlgeburt!«, flüsterte die Paula düster.

Vater und Sohn warfen sich einen erschrockenen Blick zu.

»Der Doktor hat ihr eine Spritze gegeben, sie schläft jetzt«, fuhr die alte Frau fort.

Die beiden Falkenhofer kehrten in die Stube zurück. Ihre Gesichter waren noch düsterer geworden.

Sie erschraken beide, als plötzlich die Tür aufging und der Arzt in die Stube trat.

»Das Schlimmste ist vorüber«, sagte der Doktor. »Es tut mir Leid, Falkenhofer, aber das Kind war nicht mehr zu retten. Doch im Augenblick besteht wenigstens keine Gefahr mehr für Ihre Frau.«

»Gott sei Dank!«, rief der junge Bauer.

»Aber es hätte ihr Tod sein können«, fuhr der Arzt fort. »Nicht auszudenken, wenn ich auch nur eine Stunde später gekommen wäre.«

»Um Gottes willen!«

Der Doktor räusperte sich, doch es half nichts, er musste auch noch sagen, was für den Bauern der schlimmste Schlag sein würde: »Ihre Frau wird leider nie ein Kind austragen können. Jede weitere Schwangerschaft würde ihr Leben gefährden. Dem dürfen Sie sie auf keinen Fall aussetzen.«

Es war totenstill in der Stube; die beiden Falkenhofer hielten den Atem an.

»Das heißt, ich werde nie ein Kind haben können? Keinen Erben für den Falkenhof?«, stieß dann der junge Bauer hervor.

»Kein Kind mehr ...«, rief auch der Alte fassungslos.

Der Doktor bedauerte das Schicksal des Hauses. Er wusste, wie schwer und hart sein Wort die beiden Männer traf.

»Danken Sie Gott dafür, dass wenigstens die Frau am Leben geblieben ist«, sagte er, um sie zu trösten.

Nachdem der Arzt das Haus verlassen hatte, ging Schorsch in die Kammer hinauf und kniete sich vor Henriettes Bett. Die Kranke war inzwischen erwacht und sah ihren Mann in stummer Verzweiflung an.

»Der Doktor meinte, du bist außer Gefahr«, sagte Schorsch schließlich leise. »Wenn ich dich verloren hätte – ich weiß nicht, was ich hätte machen sollen ...«

»Unser Kind ...«, flüsterte sie, und eine Träne rollte über ihre Wange.

»Nicht weinen«, sagte Schorsch hilflos, doch sie schüttelte den Kopf und schluchzte auf.

»Ich kann keine Kinder mehr bekommen! Nie, mein ganzes Leben nicht. Warum nur, Schorsch? Ich war immer gesund, und ich habe mich so auf unser Kind gefreut. Und jetzt ... und jetzt ...« Ihre Worte erstickten in Tränen.

Schorsch streichelte ihre Hand und flüsterte: »Henriette.«

Sie ließ es stumm mit sich geschehen.

5

Am Abend desselben Tages noch machte sich die Paula auf den Weg zur Säge.

»Du bringst nichts Gutes!«, rief Bruno der alten Haushälterin entgegen, als er ihr ernstes, düsteres Gesicht sah.

»Nein, ich bringe nichts Gutes. Die junge Bäuerin ...«

Die Paula berichtete von dem Unheil, das die Falkenhoferin betroffen hatte. »Der Doktor war da«, sagte sie schließlich. »Es geht ihr jetzt schon besser ... aber das Kind konnte er nicht retten. Es war ja noch fast drei Monate vor der Zeit.«

Bruno schüttelte bekümmert den Kopf. »Wie furchtbar für die beiden. Das wird ihnen für eine ganze Weile jeden Mut nehmen, es noch einmal zu versuchen.«

Die Alte schüttelte den Kopf. »Sie werden nie mehr versuchen, ein Kind zu bekommen, Bruno.«

»Was? Wie meinst du das?«

»Sie kann kein Kind mehr bekommen.«

»Wer kann das sagen?«

»Der Doktor hat's gesagt.«

Bruno stand erschüttert da. »Hast du das selbst gehört?«

»Ja.«

»Weiß es der Vater?«

»Wir wissen es alle.«

»Auch die Henriette?«

»Auch sie.« Paula schaute den Bruno an. »Ja, Bub, von dir wird's abhängen, was aus dem Hof mal werden soll –«

»Von mir? Warum von mir?«

»Du wirst darauf achten müssen, dass der Falkenhof eines Tages nicht in fremde Hände kommt!«

Beide ahnten nicht, dass diese Mahnung nur kurze Zeit später schon von größter Bedeutung sein würde.

Die Falkenhoferin erholte sich schneller, als man es erwartet hatte. Bald schon konnte sie wieder im Haus umhergehen und tätig sein.

Doch es schien, als habe ihr Wesen sich verändert. Bisher hatte sie ihre Pflichten als Bäuerin klaglos, wenn auch nicht immer zu aller Zufriedenheit erfüllt. Nun schien sie immer mehr Widerwillen gegen ihre Arbeit zu entwickeln und war ständig schlechter Laune, in der sie nicht nur die Hausangestellten hemmungslos herunterputzte, sondern auch vor dem Bauern nicht Halt machte.

Paula ließ sich das kurze Zeit lang gefallen, weil sie insgeheim doch ein schlechtes Gewissen hatte, die Schwangerschaftsbeschwerden der Bäuerin nicht ernst genug genommen zu haben. Doch als die beiden eines Tages zusammen in der Küche arbeiteten, hantierte die Bäuerin in ihrer schlechten Laune beim Ausräumen der Spülmaschine mit dem Geschirr so ungeschickt, dass ein Teller dabei herunterfiel und in Scherben ging.

Mit einem Wutschrei nahm die Bäuerin den Stapel mit den restlichen, bereits aufeinander gestapelten Tellern und schleuderte sie mit voller Wucht zu Boden.

Mit lautem Geklirr ging alles entzwei. Paula war vor Schreck ein lauter Aufschrei entfahren, und das fachte den Jähzorn der Bäuerin noch weiter an. In barschen Worten herrschte sie die alte Frau an. Dieser riss der Geduldsfaden, und nun stellte sie Henriette zur Rede: »So geht das bei uns nicht mehr weiter, Bäuerin! So kann man nicht umgehen mit den Leuten und mit den Sachen!«

»So?«, erwiderte die junge Frau scharf. »Und das sagt mir eine einfache Hausangestellte so ins Gesicht?«

»Weil es dir sonst niemand zu sagen wagt. Deine ständige schlechte Laune ist unerträglich geworden! Nimm dich gefälligst ein bisschen zusammen! Der Hof kommt noch ganz herunter, wenn sich alle nur um deine Launen kümmern und dir hinterherarbeiten müssen!«

»Der Hof!«, rief Henriette mit überschnappender Stimme aus. »Was kümmert mich der Hof? Lieber wäre es mir, ich hätte ihn nie gesehen!«

Sie begann hemmungslos zu schluchzen.

Paula schwieg.

Schließlich beruhigte die Bäuerin sich wieder. »Einen Buben hätte er gerne gehabt, der Schorsch«, sagte sie leise vor sich hin. »Wie gerne hätte ich ihm diesen Buben geboren.«

Die alte Paula war wider Willen nun doch etwas gerührt. Sie trat zu der Bäuerin hin und legte die Hand auf ihren Arm. »Wir dürfen nicht gegen Gottes Willen murren, Bäuerin!«, sagte sie leise.

»Aber wir dürfen uns abrackern und schinden von der Früh bis spät in die Nacht, was?«, rief die junge Frau aufgebracht und warf die Löffel scheppernd auf den Tisch.

»Bäuerin!«, sagte Paula mahnend und hob ihre knochige Hand. »Frevle nicht! Das hat man in diesem Haus noch nie getan, wenn es auch nicht immer so gegangen ist, wie man es wollte!«

Henriette wurde wieder wütend und schüttelte Paulas Hand ab. »Freveln! Gottes Wille!«, äffte sie die alte Frau nach. »Ich pfeife darauf! Wen interessiert das schon?«

Paulas Vorrat an Langmütigkeit und Geduld war nun endgültig verbraucht. Nun begann sie, der Falkenhoferin all das vorzuhalten, was sie ihr insgeheim wohl schon längst gerne gesagt hätte. Eine Weile ließ diese es schweigend über sich ergehen, doch schließlich unterbrach sie schroff:

»Ich sehe schon, Paula – es ist besser, wenn du im Pfründhaus bleibst. Ich brauche dich nicht mehr zur Arbeit. Gott sei Dank!«

Damit hatte sie der alten Paula das Schlimmste angetan, was man ihr zufügen konnte, und das wusste sie genau. Schweigend sah sie zu, wie Paula die Schürze abband und wortlos die Küche verließ.

Vor der Tür traf diese mit dem Bauern zusammen. Er sah ihr verkniffenes Gesicht und ihren schleppenden, schweren Gang.

»Wohin willst du, Paula?«, fragte er.

»Zum Bauern ins Pfründhaus. Die Bäuerin sagt, sie braucht mich nicht mehr«, antwortete sie kurz.

Er schaute ihr bestürzt nach, als sie über den Hof ging.

»Was war denn los zwischen dir und der Paula?«, fragte er, als er zu der Bäuerin in die Küche kam, die gerade die Tellerscherben vom Boden kehrte. »Hast du sie wirklich weggeschickt?«

»Ja.«

»Aber nur für den Rest des heutigen Tages, oder?«

»Nein, für immer.«

»Warum?«

»Sie nimmt sich zu viel heraus!«

Schorsch presste die Lippen zusammen.

»Henriette«, begann er dann mit ruhiger Stimme, als spräche er immer noch zu einer Kranken. »Ich glaube, dass es nicht an Paula liegt, sondern an dir. Du bist dauernd gereizt, und dauernd schreist du die Leute an. Jeder geht dir neuerdings aus dem Weg. Du hast dich verändert, und du merkst es vielleicht gar nicht.«

Der Bauer ging neben seiner Frau in die Hocke und ergriff liebevoll ihre Hand. »Ich möchte dir so gerne helfen, Henriette! Was kann ich tun, damit du wieder lachen kannst, so wie früher?«

Sie schaute ihn lange schweigend an, ihre Augen flackerten.

»Komm – wir wollen darüber sprechen!«, sagte sie plötzlich. Sie erhob sich, verließ die Küche und ging in die Stube hinüber. Schorsch folgte ihr, das Herz voller plötzlicher banger Ahnungen.

Der alte Falkenhofer fühlte mehr und mehr seine Kräfte schwinden. Er verfiel sichtlich, und eines Tages legte er sogar die geliebte Tabakspfeife aus der Hand und begab sich zu Bett. Der Arzt kam und machte ein bedenkliches Gesicht.

»Das Herz!«, sagte er. »Das Herz!«

Paula musste als Krankenpflegerin wirken. Aber sie tat es mit viel Liebe und Geduld. Der alte Bauer hatte ihr einst sein Haus und seine Kinder anvertraut. Er hatte ihr eine Heimat gegeben.

Paula holte seinen Sohn Schorsch ans Krankenbett. Er kam – aber er saß nur schweigend da. Seine Gedanken waren bei ganz anderen Dingen. Der Anblick des kranken Vaters, der schwer nach Atem rang, weckte in ihm ein Gefühl der Scham.

›Mein Gott‹, dachte er, ›wenn der Vater das ahnen könnte, was Henriette und ich besprochen haben, neulich, an dem Tag, an dem sie Paula weggeschickt hat!‹

Henriette hatte ihm an jenem Mittag, als sie Paula aus dem Haus gewiesen hatte, klipp und klar gesagt, sie werde nie wieder glücklich werden können, wenn sie beide auf dem Hof bleiben würden. Sie hatte ihn unter Tränen angefleht, den Falkenhof zu verkaufen und mit dem Erlös eine neue Existenz aufzubauen.

Alles und jeder hier im Dorf erinnere sie an ihr Versagen, als Bäuerin, als Frau, als Mutter ... überall meine sie hämische, schadenfrohe Blicke zu sehen, von all den Leuten, die ihr von Anfang an nie eine Chance gegeben hätten, und überall würde über sie getuschelt. Alleine schon, dass sie keine Kinder mehr bekommen konnte, sei für viele ein Grund, bösartig über sie zu tratschen. Sie merke es ganz genau, wie alle verstummten, wenn sie irgendwo hinzutrat.

Sie könne es eines Tages schaffen, sich mit ihrer lebenslangen Kinderlosigkeit abzufinden, doch nicht hier, wo jeder ihr übel wollte.

Schorsch war entsetzt gewesen und hatte versucht, seiner Frau diesen Gedanken wieder auszureden. Doch manchmal fragte er sich, ob sie vielleicht doch Recht hatte. In einem Punkt wenigstens lag sie sicher nicht falsch: Die Leute gingen ihr in auffallender Weise aus dem Weg. Zu ihm selbst hatte zwar noch keiner Böses über Henriette gesagt, doch was konnte das schon heißen?

Er fragte sich, wie es wohl sein würde, wenn er ihrem Wunsch nachkäme und den Hof verkaufte.

Sein Vater durfte jedenfalls nichts davon erfahren, dass er solche Gedanken hegte. Oder ahnte der alte Bauer vielleicht sogar etwas davon? Zwar sagte er kein Wort dazu, doch sein Blick ruhte oft so vorwurfsvoll auf dem Sohn. Oder war das nur Einbildung, hervorgerufen durch ein schlechtes Gewissen?

Jeden Abend besuchte auch Bruno den Vater. Einmal kam er, als eben der Hausarzt den Kranken verlassen hatte.

»Er hat keine Kraft und keinen Lebenswillen mehr. Ich fürchte, dass es mit ihm bald zu Ende gehen wird«, sagte der Arzt.

Da ging Bruno zum Pfarrer des Dorfes, und schon am folgenden Tag wurde der alte Bauer mit den Sterbesakramenten versehen.

»Wie es Gottes Wille ist!«, sagte der Kranke und lag still und ergeben in seinen Kissen. »Bleib so, wie du bist, Bub!«, fuhr er fort. »Dann wird es dir nie ganz schlecht im Leben ergehen.«

Bruno verließ erst spät in der Nacht das Pfründhaus, um in die Säge zurückzukehren. Doch noch in derselben Nacht wurde er geweckt und zu seinem Vater gerufen.

Paula erwartete ihn mit verweinten Augen an der offenen Tür des Pfründhauses. Alle Fenster waren erleuchtet.

»Es geht zu Ende«, sagte sie mühsam. »Der Pfarrer ist gerade bei ihm.«

»Weiß es der Schorsch?«

»Nein – aber ich gehe ihn jetzt wecken.«

»Geh, Paula!«

Bruno wartete im Flur, bis der Pfarrer die Stube verließ.

»Er wird die Nacht wohl kaum überleben«, sagte der Geistliche. »Er möchte mit dir sprechen, Bruno!«

Bruno kämpfte gegen die Tränen, die ihm in die Augen treten wollten, und ging in die Krankenstube.

Der Vater lag hochgebettet da, weil er anders keine Luft mehr bekam. Sein Atem ging röchelnd, aber sein Blick verriet das volle Bewusstsein. Er tastete mühsam nach der Hand seines Sohnes. »Bruno – was macht die Säge?«

»Sie geht gut, Vater.«

»Ist das wahr? Freilich, du wirst es schaffen, das glaube ich schon. Aber mit dem Falkenhof steht es schlecht. Das ist schlimm!«

»So schlimm ist es nicht, Vater«, erwiderte Bruno, um ihn zu beruhigen.

Aber der Alte schüttelte den Kopf.

»Doch, es ist schlimm!« Er richtete sich jetzt mit unerwarteter Kraft auf, und seine Stimme klang plötzlich klar und laut. »Ich habe ein Leben lang hier gearbeitet, so wie mein Vater vor mir und dessen Vater vor ihm, und alle Vorväter, die vor ihnen gekommen sind, fast zweihundert Jahre lang. Vergiss wenigstens du es nicht, Bruno! Der Schorsch hat es schon vergessen.«

»Nein, Vater, das werde ich nicht vergessen!«

»Hör mich an, Bruno! Sorge du dafür, dass der Hof den Falken bleibt – dass er in keine fremden Hände kommt!«

Er keuchte schwer, und Bruno bekam Angst.

»Reg dich nicht auf, Vater!«, bat er. Aber der Alte schüttelte unwillig den Kopf. Es ging ja jetzt nicht um ihn, sondern um den Hof.

»Versprich mir, dass du Acht geben willst auf den Hof, damit er nicht in fremde Hände kommt.«

»Ja – ich verspreche es dir, Vater!«

»Schwör es mir!«

»Ich schwöre es dir, Vater!«

»Beim Allmächtigen!«

»Beim Allmächtigen!«

»Amen!«

Der alte Mann sank erschöpft in die Kissen zurück. Auf seiner Stirn perlte der Schweiß, und sein Atem ging stoßweise und röchelnd.

»Vater!«

Der alte Bauer schien nicht mehr auf ihn zu achten. »Gelobt – sei – Jesus Christus!«, hauchte er. Bruno lief nach einem Tuch, um den Schweiß vom Gesicht des Kranken zu trocknen. Aber als er wieder an das Bett trat, waren die Augen groß und starr zur Decke gerichtet; die eingefallenen Züge waren reglos und wie aus Wachs gemeißelt. Er sah in das Antlitz eines Toten.

Bruno erwies seinem Vater den letzten Liebesdienst, indem er ihm sanft die Augenlider zudrückte.

Dann lief er hinaus in den Flur, um Paula herbeizurufen. Dabei prallte er fast mit seinem Bruder zusammen, der gerade zur Tür hereinkommen wollte.

»Was ist?«, fragte Schorsch.

Bruno streifte ihn mit einem zurückhaltenden Blick. Die zerwühlten Haare, das aufgeschreckte Gesicht und die ganze zerfahrene Erscheinung des Bruders erweckten in ihm ein Gefühl des Mitleids.

Schorsch hatte es in letzter Zeit wahrhaftig nicht leicht gehabt. Ob die düsteren Ahnungen seines Vaters Ausgeburt seiner Phantasie oder aus klarsichtiger Erkenntnis im Angesichts des Todes entstanden waren? Schorsch würde doch niemals den Hof verkaufen – oder etwa doch?

»Der Vater ist tot«, sagte Bruno.

»Tot?«

Bruno schob den Widerstrebenden hinein in die Totenkammer und lief, um Paula zu holen, damit die Kerzen gebracht und angezündet würden und sie die Aufbahrung vorbereiten könnten.

Schorsch stand vor dem Toten. Scheu und furchtsam tastete sein Blick nach dem wächsernen Gesicht.

Ihm war, als hätte der verschlossene Mund ihm noch mancherlei zu sagen gehabt. Jetzt war es zu allem zu spät. Der Vater war tot – Ein Schauer ergriff Schorsch, und als er im Haus die Stimme Brunos hörte, der eben der Paula etwas zurief, schlich er sich hinweg und floh hinüber zum Hof.

Auf dem kleinen Friedhof von Hochwies fand der alte Falkenhofer seine letzte Ruhestätte. Ein neuer Grabhügel entstand. Zahlreiche Trauergäste nahmen an der Feier teil. In der ersten Reihe standen die beiden Söhne.

Bruno hörte auf die Worte des Priesters und gedachte des Schwurs, den der Sterbende ihm abgenommen hatte. Er streifte mit einem Blick seinen Bruder und sah neben ihm Henriette.

Als er einmal seinen Blick über die Trauergemeinde schweifen ließ, entdeckte er in einiger Entfernung die Luzie vom Kreuzalphaus; auch sie trug ein schwarzes Kleid.

Wie lange hatte er sie nicht mehr gesehen! Da war die viele Arbeit in der Säge gewesen, dann die Krankheit und der Tod des Vaters ... Aber er hatte viel an sie gedacht. Und er freute sich, dass sie so still und schlicht teilnahm an der Trauer des Hauses.

Ihre Blicke begegneten sich, und sie hielten eine stumme Zwiesprache. Ja, dieses Mädchen hatte sein ganzes Vertrauen, sie allein war die Kameradin seines Herzens.

›Morgen werde ich schnell einmal zur Hütte hinaufsteigen‹, dachte er, ›ich muss mit Luzie über alles reden – auch über jenen Schwur, von dem ich nicht weiß, ob ich ihn eines Tages einlösen muss, und wie ich das überhaupt anfangen soll, falls es tatsächlich so kommen sollte!‹

Nach der Beerdigung fanden sich die Verwandten im Falkenhof ein, darunter auch Henriettes Vater, der Viehhändler aus dem Ostrachtal. Bruno betrachtete diesen mit Unbehagen und Misstrauen. Sicher wusste er Bescheid, welche Pläne Schorsch und Henriette für ihre Zukunft hatten. Falls sie tatsächlich den Hof verkaufen wollten, wäre er sicher derjenige, der alles organisieren und in die Wege leiten würde.

Unwillig schüttelte Bruno den Kopf. Jetzt begann er schon, Gespenster zu sehen! Kein Mensch, mit Ausnahme seines Vaters, hatte bisher auch nur ein Wort darüber verloren, dass sein Bruder sich wirklich überlegte, den Hof zu verkaufen.

Bruno suchte noch am selben Abend Paula im Pfründhaus auf. Sie war nun in einer übleren Lage als jeder andere. Wo sollte sie hin? Zurück auf den Hof, wo Henriette ihre weitere Mitarbeit ablehnte, um dort das Gnadenbrot zu essen? Nein, es musste ein Ausweg gefunden werden, der den Verdiensten der alten treuen Seele gerechter wurde als das.

Er fand die Haushälterin beim Aufräumen vor.

Sie wechselten einige Worte zu der Beerdigung, dann endlich entschloss sich Bruno, zur Sache zu kommen.

»Hier kannst du nicht bleiben, Paula«, sagte er.

Paula lachte bitter auf.

»Wo soll ich denn sonst hin?«

Bruno setzte sich zu ihr an den Tisch.

»Ich mache dir einen Vorschlag, Paula: Zieh zu mir hinaus in die Säge. Ich könnte dich dort gut gebrauchen. Bei mir verlottert sonst noch alles, so wenig Zeit wie ich immer habe.«

Sie schaute ihn dankbar an.

»Wenn du mich wirklich brauchst ...«

In diesem Augenblick trat Schorsch ein. Sein Blick fiel auf seinen Bruder.

»Ich hätte mit der Paula etwas zu besprechen«, sagte er.

Die alte Haushälterin stand auf.

»Paula, ich hab mit der Bäuerin gerade geredet; wir nehmen dich wieder auf den Hof. Hier kannst du ja nicht bleiben.«

Paula schaute unschlüssig von einem zum anderen. Sie hatte Angst, etwas Falsches zu sagen, und deshalb schwieg sie.

Da kam ihr Bruno zur Hilfe.

»Wir haben eben ausgemacht, dass Paula zu mir in die Säge zieht«, sagte er zu seinem Bruder. »Wenn sie bei euch bleiben würde – wie lange würde das denn gut gehen?«

Schorsch seufzte. Der Blick, mit dem er seinen Bruder anschaute, war finster.

»Lass die Paula selbst entscheiden, wohin sie gehen will. Ich habe es gut gemeint. Gute Nacht.«

Schorsch wollte zur Tür gehen, aber Bruno vertrat ihm den Weg.

»Warte! Ich möchte mit dir noch was besprechen!«

»Jetzt hab ich keine Zeit«, antwortete Schorsch. »Meinetwegen morgen.« Und fluchtartig verließ der junge Falkenhofer die Stube.

»Ist dir das schon aufgefallen?«, sagte die Paula nach einer Weile. »Er geht dir aus dem Weg, und das tut er deshalb, weil er etwas zu verbergen hat!«

Bruno sah sie zweifelnd an.

»Er wird den Hof verkaufen, genau wie der alte Bauer befürchtet hat, da bin ich mir sicher!«, fuhr sie fort und schnaubte. »Da steckt dieses Frauenzimmer dahinter, diese Henriette. ›Hätte ich den Hof doch nie gesehen‹, das hat sie zu mir gesagt, an dem Tag, an dem sie mich vor die Tür gesetzt hat. Ich bin sicher, dass sie es schafft, Schorsch dazu zu überreden, das Luder, das geriebene ...«

Bruno schwieg betroffen, und Paula fuhr eilig fort: »Wenn der Schorsch den Hof verkauft, dann nimmst du ihn!«

Er schaute sie ratlos an.

»Das wird kaum möglich sein, Paula, falls es so kommt. Ich habe kein Geld, und meine Säge ist verschuldet!«

»Verschuldet?«

»Was meinst du denn, was der Umbau gekostet hat?«

Paula hatte allerdings sofort einen neuen Vorschlag. »Dann gibt es für dich nur eins: Du musst reich heiraten!«

»Reich heiraten? Ach, Paula, wenn du nur wüsstest ...«

Er schwieg und dachte an Luzie, die Frau, mit der er sein Leben teilen wollte und die alles hatte, was ein Mann sich nur wünschen konnte, außer Reichtum.

Es war schon dunkel geworden, als Bruno über den Hof ging. In der Stube des Hofes brannte Licht. Ohne es zu wollen, warf er einen Blick durch das Fenster, und da sah er seinen Bruder zusammen mit Henriette und ihrem Vater am Tisch sitzen. Sie waren in ein eifriges Gespräch vertieft.

Was wurde hier wohl besprochen? Bruno lief mit einem sehr unguten Gefühl im Magen weiter.

6

Ziemlich armselig mutete der voll bepackte Handkarren an, den Paula am folgenden Tag vom Falkenhof zur Waldsäge brachte. Paula zog um – zu Bruno in die Säge.

»Der Bruno ist halt ein guter Mensch«, sagten die Leute von Hochwies, als sie den Wagen dahinfahren sahen. Und sie bedauerten die alte Paula, die so viele Jahre auf dem Falkenhof gelebt und gearbeitet hatte und jetzt im Alter den Hof verlassen musste, um der jungen Bäuerin nicht im Weg zu sein.

Aber Paula selbst war guter Dinge. Allein das Bewusstsein, dass sie Bruno nützlich sein konnte, weckte noch einmal ihre alte Kraft.

Bruno arbeitete in diesen Tagen äußerst angestrengt. Er war Terminverpflichtungen eingegangen, und niemand hatte ihn gefragt, ob er imstande war, sie einzuhalten – das musste er selbst beurteilen, und wenn er sich verschätzte und länger brauchte, war es seine Sache, wie er dieses Problem löste. Die Krankheit und der Tod seines Vaters hatten ihn lange genug davon abgehalten, sich um seine Arbeit zu kümmern.

Er musste zusehen, dass er seine Lieferzusagen auch einhalten konnte, wenn er seine Kunden behalten wollte. Denn wie hätte er sonst seinen Zahlungsverpflichtungen nachkommen können? Doch er war froh über die viele Arbeit, denn dadurch bewahrte er seinen Kopf vor nutzlosen Grübeleien.

Aber der Schwur, den er dem sterbenden Vater in die Hand abgelegt hatte, ließ ihn nicht zur Ruhe kommen. Nachts lag er oft stundenlang wach und wälzte seine Sorgen hin und her. Denn der Ostrachtaler Viehhändler hielt sich nach wie vor auf dem Falkenhof auf, und so umtriebig wie jetzt hatte man ihn noch nie erlebt. Er war häufig im Dorf, diskutierte am Biertisch mit und ging bei verschiedenen Leuten in der Gegend ein und aus, die alle eines gemeinsam hatten: Sie hatten Geld. Inzwischen redete man auch im Dorf schon davon, dass der Falkenhofer seinen Hof verkaufen wolle. Er musste der Tatsache ins Auge sehen, dass dieses Gerücht möglicherweise der Wahrheit entsprach.

»Reich heiraten!«

Die Worte der Paula klangen ihm in den Ohren. Da war die treue Luzie von der Kreuzalphütte, das Mädchen mit dem »goldenen Herzen«, wie er sie oft scherzhaft genannt hatte. Nie war es zwischen ihnen so weit gediehen, dass sie über ihre Liebe oder gar übers Heiraten gesprochen hätten. Doch er liebte sie, und er fühlte, dass er wiedergeliebt wurde.

Aber sie war nicht reich. Nie hatte er danach gefragt, und jetzt auf einmal wurde es ein drängendes Problem. Zum Teufel mit diesem Geld!

Das Opfer, das er bringen musste, wenn er den Falkenhof retten wollte, erschien ihm zu groß, zu schwer, es ging über seine Kräfte.

Doch dann sah er im Geiste wieder den Falkenhof vor sich, sah fremde Menschen dort ein- und ausgehen; fremde Kinder auf der Koppel spielen.

Eines Tages würde er seinen eigenen Kindern erklären müssen: »Schaut, dort oben war die Heimat eures Vaters, dort war ich zu Hause!«

Vielleicht würden die neuen Besitzer dort alles verändern. Vielleicht gefiel ihnen der Falkenhof so nicht, wie er heute war – mit seinem breiten Bau und der blumengeschmückten Altane. Vielleicht mussten die alten Bäume fallen, die das große Feldkreuz beschatteten, wo abends beim Läuten der Glocke das Armeseelenlicht brannte.

Es war ein unerträglicher Gedanke, dass der Hof in fremde Hände kommen könnte.

Wieder kehrten seine Gedanken zu dem Mädchen von der Kreuzalpspitze zurück. Wie sollte er Luzie jemals aus seinem Herzen verbannen können? Aber musste er es nicht tun, wenn er den Falkenhof retten wollte?

In diesem Widerstreit seiner Gefühle mit den sachlichen Erwägungen schweiften seine Gedanken – widerstrebend zwar, doch immer häufiger – zu einem anderen Mädchen, zu der Fallmüller-Wally.

Sie war reich. Mit ihrem Geld könnte er den Hof mit Sicherheit retten. Sie war es auch zweifellos, die Paula gemeint hatte.

Die Wally war bestimmt ein braves, gutes und tüchtiges Mädchen. Sie war auch recht hübsch mit ihren roten Wangen. Sie war einfach eine echte, gesunde Bäuerin. Aber ob er sie je lieben könnte wie die schwarzhaarige Luzie?

Und plötzlich sah er hinter allen diesen Überlegungen wieder den Falkenhof stehen – gleichsam wie ein ernstes Mahnmal, das nicht zu umgehen war.

So quälte er sich die ganze Nacht hindurch, ohne Schlaf zu finden.

Die Tatsache, dass der Falkenhof zum Verkauf stünde, war ein unerhörter Vorgang, der überall besprochen wurde. Es war ein für die Begriffe der Bauern ganz ungewöhnliches Ereignis, über das viel diskutiert wurde – am Biertisch, in der Molkerei und auf dem Kirchplatz nach dem sonntäglichen Gottesdienst.

Niemand konnte begreifen, dass der Falken-Schorsch so bald nach dem Tod seines Vaters die alte Heimat preisgeben wollte, um sich einer Existenz in der Fremde zuzuwenden. Er war doch ein Bauer!

Er ist eben ein Opfer des geschwätzigen Viehhändlers geworden, sagte man – oder vielleicht auch ein Opfer seiner eigenen Frau, von der man wusste, dass sie die Arbeit eines Bergbauern nicht schätzte.

Der Zorn so mancher Hochwieser Bauern richtete sich nun auch gegen den Fallmüller, der wie ein unersättlicher Moloch droben vor der Tür seines Hauses stand, um gierig zu erraffen, was an Liegenschaften zu bekommen war. Freilich, das Geld dazu hatte er allemal.

Bruno klangen förmlich die Ohren von dem, was er immer wieder hörte, wenn er ins Dorf ging. Eines Tages sprach sogar der Pfarrer ihn darauf an. In seiner Wut entschloss er sich da unvermittelt, zum Falkenhof hinaufzugehen, um seinen Bruder zur Rede zu stellen und den Viehhändler eigenhändig aus dem Haus und dem Dorf zu verjagen.

Er traf in der Stube jedoch nur seinen Bruder an, der am Tisch saß und eine Liste mit vielen Zahlen addierte.

Als Bruno so unerwartet und heftig eintrat, fuhr Schorsch erschrocken vom Stuhl auf.

»Was willst du bei uns?«, fragte er mürrisch, denn beim Anblick seines Bruders regte sich sein schlechtes Gewissen.

Bruno schaute ihn mit funkelnden Augen an. Dann trat er an den Tisch und wollte die Liste ergreifen.

»Was machst du da?«

Schorsch kam ihm zuvor und nahm die Liste an sich.

»Lass das! Es geht dich nichts an!«

»Glaubst du? Das werden wir ja sehen!«

Bruno schaute sich in der Stube um. Es hatte sich nicht viel geändert, seitdem er zuletzt hier gewesen war. »Wo ist dein Schwiegervater?«

»Er ist gestern weggefahren. Warum?«

»Weil ich ihn sonst zur Tür hinausgeworfen hätte! Dieser hinterhältige Kerl, er soll froh sein, dass er sich rechtzeitig aus dem Staub gemacht hat! Ist es wahr, was ich gehört habe? Du verkaufst den Hof?«

Schorsch bestätigte dies mit einem kurzen Kopfnicken.

»Ja, bist du denn noch bei Trost? Das kannst du nicht machen!«, rief Bruno aus.

Schorsch verschränkte die Arme vor der Brust. »Oh doch, Bruno, ich kann es. Und ich werde es tun. Überhaupt ist das meine Sache. Halt dich da raus.«

Bruno schüttelte verächtlich den Kopf. »Das war doch ganz sicher nicht deine Idee. Aber ich weiß schon, wer dahintersteckt: deine Frau.« Er lachte bitter auf. »Weißt du überhaupt, was die Leute im Dorf über dich sagen?«

»Was geht mich das Geschwätz der Leute an!«

»Aber sie haben schon Recht: Du bist ein Hanswurst deiner Frau!«

Da wurde das Gesicht des Falkenhofers kreideweiß.

»Ich verbiete dir, so mit mir zu sprechen! Mach, dass du hinauskommst!«

Bruno dachte nicht daran, dieser Aufforderung nachzukommen. »Du schämst dich also nicht dessen, was du tust? Den Hof verkaufen – nur weil die Frau zu faul ist für die Arbeit!«

»Schweig!«, schrie der Falkenhofer.

»Du hast kein Recht, den Hof zu verkaufen. Er ist auch meine Heimat!«

»Ich bin der Bauer, und ich kann mit dem Hof tun und lassen, was ich will!«

»Denk wenigstens an den Vater!«

»Der Vater? Der Vater ist tot!«

»So denkst du jetzt, Schorsch. Aber der Vater steht jetzt hier neben uns, auch wenn du ihn nicht siehst! Er hört, was du sagst, und er weiß, was du denkst! Er weiß, dass du das Erbgut verschleudern willst, das du eigentlich deshalb von ihm erhalten hast, um es zu nutzen und zu erhalten für deine Nachkommen ...«

Schorsch unterbrach ihn mit einem bitteren Lachen. »Welche Nachkommen, Bruno? Ich werde keine Nachkommen haben ...«

Bruno schüttelte unwillig den Kopf. »Darauf kommt es nicht an. Herrgott, weißt du überhaupt, was du da tust, Schorsch? Noch ist es nicht zu spät. Ich beschwöre dich, mach das nicht!«

Auf einmal ging die Tür auf, und in ihrem Rahmen erschien Henriette.

»Was gibt es zwischen euch denn zu schreien?«, fragte sie.

Schorsch warf ihr einen Hilfe suchenden Blick zu, und sofort wandte sie sich kampflustig gegen Bruno.

»Du mischt dich hier in Sachen, die dich nichts angehen.«

Bruno fielen die Worte ein, die der Baulen-Xaver damals in der Wirtsstube vor Beginn der Theaterprobe gesprochen hatte, als die Tischrunde eben über die Hochzeit auf dem Falkenhof diskutierte. Und diese Worte sagte er ihr jetzt ins Gesicht:

»Wenn der Teufel nicht anders an den Falkenhof herankommen kann, dann steckt er sich hinter ein Frauenzimmer.«

Für einen Moment herrschte Totenstille in der Stube. Schorsch richtete sich zornig auf.

»Du stehst hier auf meinem Grund und Boden!«, schrie er. »Ich verbiete mir solche Beleidigungen!«

Aber Bruno schüttelte gelassen den Kopf.

»Einem Menschen die Wahrheit sagen, auch wenn er sie nicht vertragen kann – das ist keine Beleidigung!«

Darauf näherte er sich drohend Henriette.

»Jawohl, du bist schuld, dass wir Brüder heute in Streit geraten sind! Warum hast du denn auf den Falkenhof geheiratet, wenn es dir hier nicht gefällt? Hier braucht man keine Dame, sondern eine Bäuerin! Und merk dir: Einen Bauernhof kann man nicht einfach so verschachern! Weißt du überhaupt, wie viele Generationen lang unsere Familie auf dem Falkenhof gelebt hat?«

»Ob der Falkenhof verkauft wird oder nicht, darüber entscheidet der Bauer«, antwortete sie in kaltem Zorn. »Und der Bauer steht hier!«

Herausfordernd wies sie auf Schorsch.

Bruno suchte den Blick seines Bruders festzuhalten, aber es gelang ihm nicht – Schorsch wich ihm aus.

»Und du?«, schrie Bruno seinen Bruder an. »Warum sprichst du nicht?«

»Sag's ihm doch, wenn er es unbedingt wissen will!«, rief Henriette ihrem Mann zu, und ihr Blick ließ ihm keinen Zweifel, welche Antwort sie erwartete.

»Der Falkenhof wird verkauft!«

Henriette blickte triumphierend in das Gesicht ihres Schwagers. Aber er bemerkte es nicht, denn er versuchte immer noch, seinem Bruder beschwörend in die Augen zu schauen.

Eine Weile war es wieder totenstill.

Dann wandte sich Bruno ab und ging zur Tür. Noch einmal schaute er sich mit Verachtung nach seinem Bruder um.

»Der Herrgott mag dir verzeihen, was du da eben gesagt hast! Ich kann es nicht.«

Dann ging er hinaus, und die Tür hinter ihm fiel schwer ins Schloss.

An einem sonnigen Spätsommertag sah man drei junge Touristen von der Kreuzalpspitze aus in die Berge wandern. Sie waren als eine Dreierseilschaft ausgerüstet und befanden sich auf den Anstieg zum Felsmassiv der Mädelegabel.

Angeführt wurde die Gruppe von Robert Haller, den man sonst nur in seinem schmucken Jägeranzug sah. Er war heute kaum wiederzuerkennen in seiner derben Bergsteigerkluft. In der Mitte ging ein Mädchen, ebenfalls derb und zweckmäßig gekleidet; das war Luise Stadler, von der man bereits annehmen konnte, dass sie einmal die Braut des angehenden Försters werden würde. Den Schluss der Seilschaft bildete ein ebenfalls hochgewachsener Mann, dem man sogleich ansah, dass er die Schuhe und die Kleidung, wie er sie heute trug, nicht zu tragen gewohnt war. Das war Kurt Stadler, Luises Bruder, der als Beamter in der Stadt lebte und gerade einen mehrwöchigen Urlaub im Haus seines Vaters verbrachte.

Die beiden jungen Männer, Robert Haller und Kurt Stadler, hatten sich sogleich angefreundet, und Kurt fand, dass es für seine Schwester kaum einen besseren und passenderen Mann geben könnte als diesen angehenden Förster.

»Wenn du mich angelogen hast, Robert – wenn ich bis zum Abend nicht ein selbst gepflücktes Edelweiß in meiner Hand halte, dann ...« Luise schwang drohend den Eispickel.

»Dann wirst du mich mit dem Pickel erschlagen?«

»Das nun gerade nicht, aber dann rede ich kein Wort mehr mit dir. Mindestens eine Woche lang!«

Robert rang in gespieltem Entsetzen die Hände. »Eine ganze Woche? Würdest du das wirklich aushalten? Ich würde dich ja gerne auf die Probe stellen. Aber ich bin meiner Sache sicher: Heute Abend, wenn wir heimkommen, hast du einen Strauß Edelweiß bei dir, den du – sofern die Lage es gestattet – sogar selbst gepflückt haben wirst.«

Als Robert sich nach ihr umwandte, begegnete er ihrem strahlenden Blick und war zufrieden.

»Na also!«, sagte Kurt hinter ihnen und lachte.

Immer höher stiegen die drei. Der Weg wurde steil und steinig. Die Sonne brannte unbarmherzig auf sie nieder, und ihre Gesichter glühten.

Robert kannte den Weg. Er war schon oft hier oben in der Felswildnis gewesen – gewöhnlich zusammen mit Bruno – und häufig hatte er dabei Gelegenheit gehabt, dessen Kühnheit und Geschicklichkeit zu bewundern, wenn er wie eine Gämse über die glatten Wände kletterte. Unter Anleitung Brunos hatte Robert es selbst nach und nach zu ganz beachtlichen Leistungen im Klettern gebracht; heute wollte er nun seinen Freunden zeigen, was er gelernt hatte.

Der Aufstieg wurde schwieriger und gefährlicher. Sie mussten über schmale Grate klettern oder an nebelfeuchten Wänden um eine scharfe Felsenecke kriechen, und es gab Schluchten zu überqueren, die ein Wildbach in tausendjähriger Arbeit ins Gestein gegraben hatte. Sie waren jetzt dort angelangt, wo der Berg den Menschen das Vordringen in sein Reich zu verwehren schien. Der Weg hatte sich in einem wilden Fels- und Steingeröll verloren. Aus den Karen leuchtete der ewige Schnee.

Da tat sich vor ihnen eine schwarze, tief eingeschnittene Schlucht auf: die Rankenwand. Erschauernd blieben sie stehen und blickten in die gähnende Tiefe.

Robert hob plötzlich die Hand und deutete an der Wand hinab. Er hatte an dem feuchten Gestein einen leuchtenden Schimmer entdeckt.

»Seht ihr? Da haben wir es schon gefunden – Luises Edelweiß!«, rief er.

»Edelweiß!«, riefen auch die Geschwister wie aus einem Mund. Auch sie hatten jetzt die vier oder fünf weißen Blumen entdeckt.

Robert befestigte das Seil an einem Felszacken.

»Was machst du jetzt?«, fragte Kurt Stadler.

»Abseilen will ich mich.«

»Du willst doch nicht etwa ...«

»Doch, ich will das Edelweiß holen.« Robert blickte in die Schlucht hinab und erwog die Möglichkeiten für einen Abstieg. Verflixt, das würde nicht ungefährlich werden! Er zögerte und hätte seine leichtfertige Ankündigung gerne zurückgenommen.

Kurt schüttelte nun auch den Kopf und meinte besorgt: »Ist das nicht zu riskant, sich hier abzuseilen?«

Robert wollte ihm schon mit heimlicher Erleichterung beipflichten, da fragte Luise plötzlich: »Glaubst du, dass der Falken-Bruno es wagen würde, hier abzusteigen?«

Da glaubte er es seinem Stolz schuldig zu sein, seinem Mädchen zu zeigen, dass nicht nur Bruno, sondern auch er selbst ein Teufelskerl war, der keine Gefahr scheute.

»Der Falken-Bruno?«, wiederholte er lachend. »Das mag schon sein. Aber hier steigt nicht nur der Falken-Bruno ab, sondern auch der Forstgehilfe Robert Haller! Jawohl, in kurzer Zeit wirst du dein erstes Edelweiß in der Hand halten, Luise!«

Er legte sich zu Boden und schob sich an den Rand des Abgrundes heran.

»Robert, lass es lieber!«, rief Kurt. »Ein Edelweiß ist es nicht wert, sich in eine solche Gefahr zu begeben.«

Aber Robert beachtete den Protest nicht. Er klammerte sich mit beiden Händen am Gestein fest und schwang sich auf den ersten Felsvorsprung hinab. Das Seil glitt hinter ihm her.

Stufenweise kletterte er an der Wand hinab – und dann hing er zwischen Himmel und Erde frei an seinem Seil. Und nun fing er an zu schwingen. Der

Knoten des Seiles zog sich unter dem Gewicht des kühnen Kletterers immer dichter zusammen.

Die Schwingungen wurden größer; er schwebte bis zur anderen Wand der Kluft hinüber – und da krallten sich seine Finger auch schon an einer Felsleiste fest. Dann ließ er mit der linken Hand los und streckte sich nach den Blumen aus.

Die beiden Geschwister schauten zu, wie er ein Edelweiß nach dem anderen abpflückte und an seine Brust steckte. Luise stockte nun der Atem vor Angst. Warum hatte sie Robert nicht davon abgehalten?

Doch Robert lachte fröhlich zu ihnen hinauf stieß einen Juchzer aus. Er schwang sich wieder zurück. Und da geschah es.

Robert fand keinen Halt an der anderen Wand. Vergeblich versuchte er sich festzukrallen, sie schien ihn immer wieder zurückzustoßen. Das Seil knarrte unter der Last.

Und in diesem Moment ertönte ein Krachen im Fels. Plötzlich war das Seil verschwunden, das eben noch um die Steinzinne geknotet gewesen war und das Kurt immer wieder besorgt überprüft hatte. Verschwunden war auch die Felszinne selbst – die Last, die sie hatte halten sollen, war zu viel für sie gewesen.

Luise stieß einen Schrei des Entsetzens aus. Sie konnten beide nicht fassen, was da geschehen war, und starrten sich mit bleichen Gesichtern an.

»Er ist abgestürzt«, sagte Kurt tonlos.

Nacheinander schrien sie in den Abgrund hinab, aber sie waren lange nicht sicher, ob wirklich eine Antwort kam oder ob nur ihre eigenen Stimmen aus der Tiefe widerhallten.

Endlich aber hörten sie wirklich einen fernen, schwachen Hilferuf.

»Er lebt!«, schrie Luise und klammerte sich an ihren Bruder. »Wir müssen ihn retten!«

»Wir?«

»Du musst hinab zu ihm! Sofort!«

»Ich? Bist du wahnsinnig? Wie soll ich das machen?«

»Ich hätte ihn zurückhalten müssen!«, rief sie klagend. »Ich bin an allem schuld!«

»Lass das jetzt!«, sagte Kurt barsch. »Wir müssen Hilfe holen; etwas anderes können wir nicht für ihn tun.«

Sie blickten über die schweigenden Berge hin. Noch einmal schrie Kurt in die Schlucht hinab – und wieder kam leise Antwort.

Kurt setzte abermals die Hände trichterförmig an den Mund. »Aushalten!«, rief er. »Wir holen Hilfe!«

Sie begannen den Abstieg und riefen dabei immer wieder um Hilfe. Aber es kam keine Antwort.

»Wohin?«, fragte das Mädchen.

»Wenn hier niemand in der Nähe zu finden ist, bleibt uns nur noch die Kreuzalphütte«, antwortete Kurt. »Bleib du zurück, dann kann ich schneller vorwärts kommen. Ich will alle Kräfte einsetzen, Luise, um so rasch wie möglich die Hütte zu erreichen.«

Da blieb das Mädchen zurück und kauerte sich erschöpft am Weg nieder. Und Kurt rannte weiter talwärts.

So sehr er auch Ausschau hielt, ob nicht doch noch jemand unterwegs war, der helfen konnte, er begegnete niemandem, und schließlich sah er die Kreuzalphütte hinter den Wettertannen auftauchen.

»Hilfe! Hilfe!«, schrie Kurt da mit letzter Kraft. Und diesmal hörte man den verzweifelten Ruf.

An der Tür der Berghütte erschienen Richard und Luzie, gefolgt von ein paar Holzfällern, die eben hier Mittagsrast gehalten hatten.

Mit hastigen Worten berichtete ihnen Kurt von dem Unglück.

»An der Rankenwand!«, wiederholte Richard ungläubig. »Dieser Unglückswurm war tatsächlich so leichtsinnig, die Rankenwand hinunterklettern zu wollen.«

»Lebt er?«, fragte Luzie erschüttert.

»Er lebt.«

»Dann hängt er im Kamin«, sagte Richard. »Wer aber kann den Kamin durchklettern?«

Er schaute sich erregt in der Runde um. »Soviel ich weiß, hat bis heute nur einer die Rankenwand durchklettert, und das ist der Falken-Bruno. Vor einem Jahr hat er dort einen Bergsteiger tot geborgen.«

»Soll ich ihn holen?«, fragte einer der Holzfäller.

»Das dauert zu lange«, erwiderte Richard. »Wir müssen es selbst versuchen, Männer! Vorwärts!«

Während sich Richard in Eile fertig machte, schrieb Luzie schnell einen Zettel: »Bergunglück an der Rankenwand – Komm sofort! – Luzie.«

Diesen Zettel gab sie dem jungen Holzfäller und schickte ihn damit zu Tal. Wenn Bruno nicht daheim sei, solle er den Zettel an die Tür heften.

Der Bursche rannte davon.

Über die Höhen stieg nun der kleine Rettungstrupp hinauf, geführt von Richard, dem Wirt von der Kreuzalphütte. Kein Wort wurde gesprochen. Jeder war sich des Ernsts der Lage bewusst.

Luise hockte immer noch an derselben Stelle am Weg. Die Zeit des Wartens erschien ihr wie eine Ewigkeit. Die Einsamkeit war fast nicht zu ertragen. Mitunter schrie sie um Hilfe – aber die Berge blieben stumm. Nichts rührte sich; nur ein paar Bergschmetterlinge tanzten durch die sonnige Luft.

Mit zitternden Knien eilte sie dann den Männern entgegen, die dann endlich durch ein Felstor herankamen. Sie sah die Bahre, die sie trugen, und die ernsten, entschlossenen Gesichter.

Gemeinsam mit Kurt führte sie den Bergungstrupp hinauf über die Klippen und Zinnen zur Unfallstelle.

Als sie oben angekommen waren, kroch Richard dicht an den Schluchtrand heran und rief in die schwarze Felskluft hinab. Es kam keine Antwort.

Die Männer sahen einander besorgt an.

Kurt warf einen Blick auf die Uhr. Drei Stunden waren vergangen, seitdem das Unglück passiert war. Kamen sie zu spät, um Robert noch helfen zu können?

Man hörte jetzt die Stimme Richards, der seine Anordnungen traf. Die Männer knüpften die Seile aneinander, ließen sie in die Schlucht hinab und sicherten sie durch starke Verknotungen.

Endlich war es so weit, dass Richard absteigen konnte. Er trug ein zweites Seil bei sich, das er notfalls dem Verunglückten zuwerfen wollte.

Mit ungeheurer Spannung warteten die anderen. Kein Wort fiel. Alle achteten auf die Bewegung des Seiles. Schauerlich klangen aus der Tiefe die Rufe Richards herauf, durch die er sich mit dem Verunglückten zu verständigen versuchte.

Und dann kam Richard zurück.

Er war allein. Enttäuschte und erregte Gesichter schauten ihm entgegen.

»Er lebt und ist bei Bewusstsein!«, sagte er keuchend und wischte sich den Schweiß vom Gesicht. »Aber er ist schwer verletzt und nicht imstande, das Seil zu ergreifen. Er muss geholt werden ...«

Es wurden mehrere Versuche durchgeführt, den Verletzten zu bergen. Einer nach dem Anderen kletterte an der Wand hinab, aber alle kehrten erfolglos zurück. Sie konnten nur berichten, dass der junge Forstmann immer noch Lebenszeichen von sich gebe.

Gerade als sie alle nicht mehr weiter wussten, tauchte hinter den zackigen Felstürmen eine Gestalt auf, die mit raschen Schritten herankam.

Es war der Falken-Bruno – ohne Hut und Jacke. Sein Gesicht war schweißüberströmt, und seine breite Brust bewegte sich unter heftigen Atemstößen; er schien sehr rasch gelaufen zu sein.

»Bruno!«, rief Luise mit zitternder Stimme und lief ihm in ihrer Angst entgegen. Hastig berichtete sie, was vorgefallen war.

Bruno hörte sie mit unbewegtem Gesicht an. Dann schob er sie sanft beiseite. Sein Blick richtete sich auf die Männer. Richard berichtete ihm von ihren vergeblichen Rettungsversuchen.

Der Falken-Bruno schaute ernst in die Runde.

»Weißt du's noch, Richard – vor einem Jahr hab ich hier einen heraufgeholt. Er war tot.«

»Aber Robert lebt, Bruno!«

Bruno prüfte die Seile und rüstete sich zum Abstieg. Dann machte er sich an die gefährliche Aufgabe. Ohne noch ein Wort zu sagen, ließ er sich in den Schacht hinab.

»Helf dir Gott, Bruno!«, rief ihm Richard nach.

Während die Menschen oben in äußerster Anspannung auf die Entscheidung harrten, schwang sich Bruno immer tiefer in die gähnende Kluft hinab – mit katzengewandten Bewegungen und kraftvollen Griffen. Mit schlafwandlerischer Sicherheit überwand er schwierige Stellen. An einer Felsleiste hielt er inne.

»Robert!«, rief er, dass es von den Wänden widerhallte.

Eine schwache Stimme antwortete ihm aus der Tiefe.

»Ich komme! Ich bin's – der Bruno!«

Er krallte seine Finger in die Felsrinne; seine Füße tasteten über das Gestein und suchten nach einem Halt. Das Wasser des Wildquells rauschte jetzt lauter: Trotzdem hörte er den matten Hilferuf.

»Ich komme!«, schrie er zurück.

Gleich darauf erreichte er den Abgestürzten.

Robert steckte in einem engen Felsenschacht fest. Sein Gesicht war von verkrustetem Blut bedeckt, und seine Arme streckten sich Bruno hilflos entgegen.

Vorsichtig befreite Bruno ihn aus seiner Lage und hielt ihn in seinen Armen aufrecht.

»Robert!«

Der junge Jäger stöhnte tief auf und klammerte sich an ihn.

»Bruno!«

Wortlos hielten sie sich einen Moment lang umfangen, und jeder spürte den Herzschlag des anderen.

»Ich will weiterleben«, sagte Robert leise.

»Du wirst weiterleben«, erwiderte Bruno bewegt.

Er verband den Verletzten notdürftig und bettete ihn dann sanft auf das Gestein. Er selbst musste jetzt wieder emporklettern und Haken in den Fels schlagen.

Und dieses Hämmern hörte man hinauf bis zum Schluchtrand. Befreit atmeten die Wartenden dort oben auf, wie erlöst aus einen lähmenden Bann. Es war so lange still gewesen in der Tiefe. Beklommen hatten sie sich angeschaut – ergriffen von der Angst, dass auch Bruno abgestürzt sein könnte.

Nachdem dann das Klopfen aufgehört hatte, spürten sie schließlich das erwartete Seilzeichen; mit vereinten Kräften zogen die Männer an und holten das Seil ein – langsam, Stück für Stück.

Es schien endlos zu dauern, doch dann war endlich das Werk vollbracht. Den Freund auf den Schultern tragend, stieg der Falken-Bruno über den Schluchtrand. Schweigend schritt er zur Bahre und legte Robert vorsichtig darauf nieder.

Richard kümmerte sich sofort um den Verletzten und flößte ihm ein Stärkungsmittel ein; Kurt half ihm dabei. Gesprochen wurde kein Wort.

Während die Männer im Kreis um die Bahre standen, ging Bruno zur Seite um nach der ungeheuerlichen Anstrengung Ruhe zu finden. Er war froh, dass niemand ihn jetzt mit unnützen Fragen belästigte.

Da fühlte er plötzlich eine Hand auf seinen Arm.

»Alpenkönig!«, sagte eine sanfte Stimme. »Wie kann ich Ihnen danken?«

Es war Luise.

Bruno schüttelte den Kopf.

»Danken Sie nicht mir – danken Sie Gott, dass Robert noch lebt!«

Er schaute zur Bahre hinüber, und er sah auf der Brust des Freundes das Edelweiß schimmern. Da ließ er Luise stehen und ging zur Bahre. Er nahm die Blumen an sich und kehrte zu dem Mädchen zurück.

»Hier, nehmen Sie das Edelweiß!«, sagte er. »Ein Edelweiß ist keine Blume wie jede andere. Immer hängt damit ein Erlebnis zusammen. Dem einen bringt das Erleben Glück, einem anderen Leid.«

Er dachte dabei traurig an Luzie, die er meiden musste, wenn er jenen Schwur halten wollte, den er dort unten in der Felsentiefe vor sich selbst abgelegt hatte.

Er wandte sich jäh ab, ging wieder zur Bahre hinüber und sprach ein paar ermunternde Worte zu Robert. Dann rief er allen einen Abschiedsgruß zu und schritt rasch davon.

Gleich darauf setzte sich auch der Bergungstrupp mit der Tragbahre in Bewegung hinab zur Kreuzalphütte.

7

Tagelang war der Unfall an der Rankenwand das Dorfgespräch. Obwohl die Beteiligten selbst Stillschweigen darüber bewahrten, gab es doch Leute genug, die den Ereignissen neugierig nachspürten und die Nachricht dann überall verbreiteten.

Der Jäger-Barthel vor allem konnte gar nicht genug davon reden. Nachdem sich sein erstes Erschrecken darüber gelegt hatte, wie knapp sein junger Widerpart, mit dem er in einer halb ernst, halb spaßhaft gemeinten Dauerfehde lag, dem Tod entronnen war, hatte er ohne Zögern damit begonnen, sich über den ungeheuren Leichtsinn des »Grünschnabels« zu verbreiten, den man besser nie aus seiner Stadt herausgelassen hätte, wo er sich vermutlich besser zurechtfand.

Dagegen hatte er wie alle anderen Bewohner des Dorfes für die kühne Rettungstat des Falken-Bruno ausschließlich bewundernde Worte gefunden. Der Bruno war schon ein Teufelskerl, daran war nicht zu rütteln! Niemandem außer ihm hatte diese mutige Rettungstat glücken können.

Daran dachte der Jäger-Barthl wieder, als er einige Tage später zur Säge ging, um Bruno aufzusuchen.

Er trat an das geöffnete Tor und winkte Bruno aus dem Getöse der Maschinen heraus. Bruno, der eben einen riesigen Baum in das Vollgatter geschoben hatte, kam zu Barthl herüber.

»Was gibt's denn, Barthl?«, fragte er den Besucher.

»Der Herr Forsteleve lässt dich grüßen«, sagte der Barthl. »Ich habe bei ihm nach dem Rechten gesehen. Er liegt immer noch wehleidig da und lässt sich von vorne bis hinten bedienen. Die Luise ist ständig auf dem Sprung, um ihm auch alles recht zu machen! Der Grünschnabel, der verflixte, man sollte es doch nicht glauben, was er für ein Glück hat mit dem Mädel. Hat er das überhaupt verdient, dass er jetzt so hofiert wird?«

»Warum nicht?«, schmunzelte Bruno.

»Warum nicht?«, wiederholte Barthel. »Nun, die Herrschaften aus der Stadt bilden sich immer ein, sie bräuchten nur einen genagelten Schuh anziehen und ein Seil umhängen, dann wäre der Bergsteiger fertig! Dass da noch ganz andere Qualitäten dazugehören, das begreifen sie erst, wenn es ein Unglück gegeben hat. Der Robert hatte mehr Glück als Verstand!«

Bruno musste ihm insgeheim beipflichten. Robert hatte eine Menge Glück gehabt.

»Mich hält er für ein altes, rostiges Möbel. Jawohl«, rief der Barthl hitzig, »das sind genau die Worte, die er selbst gebraucht hat! Aber ich kann ihm schon noch etwas vormachen im Schießen und Pirschen ...«

»Das meint er doch nicht böse, Barthl.«

»Wie er es meint, ist egal! Jetzt kann er darüber nachdenken, was er angestellt hat. So ein bodenloser Leichtsinn! Es hätte leicht auch noch dich das Leben kosten können! Der Richard hat mir erzählt, wie es zugegangen ist.«

Bruno beschwichtigte den aufgebrachten Alten. »Lass es gut sein, Barthl. Er hat sein Lehrgeld bezahlt und Schmerzen genug ausgestanden. Wir wollen froh sein, dass es so glimpflich abgelaufen ist!«

»Das ist nur dir zu verdanken, Bruno. Aber eigentlich komme ich ja wegen etwas ganz anderem: Weißt du überhaupt, dass der Fallmüller neuerdings im Falkenhof aus- und eingeht, als wäre man da droben auf einmal ein Herz und eine Seele?«

Bruno winkte ab; sein Gesicht verfinsterte sich.

»Die Leute erzählen, dass er gestern mit deinem Bruder in die Stadt gefahren ist ...«

»So?«

»Und was meinst du, wohin? Zum Notar!«

Da sagte Bruno nichts mehr. Er hörte nur noch mit einem Ohr auf das, was der Barthl sonst noch zu berichten wusste von der neuen, wunderlichen Freundschaft zwischen dem Fallmüller und dem Falkenhofer, während doch sonst wenn nicht Feindseligkeit, so doch immer eine gewisse misstrauische Zurückhaltung zwischen den Höfen geherrscht hatte. Der Alte erzählte auch von der Erbitterung im Dorf gegen die hochnäsige Viehhändlerstochter, die nach Meinung aller schuld daran war, dass der alte Hof verschachert wurde, und gegen den Fallmüller, der alles zusammenraffte, was möglich war. Aber auch auf den jungen Falkenhofer, der den Hof niemals verdient hatte, wenn er sich nun auf einen solchen Handel einließ. Niemand konnte Verständnis dafür aufbringen, dass ein Bauer aus einer Familie, die schon seit Generationen auf ihrem Hof gelebt hatte, seine Heimat einfach an den Meistbietenden verscherbelte.

Grübelnd schaute Bruno dem Jäger nach, der schließlich davonstapfte und dabei Wolken aus seiner Pfeife ausstieß.

So war es nun endgültig, der Hof war verloren! Und es gab nichts, was er jetzt noch dagegen tun konnte. Es war alles zu schnell gegangen. Reich heiraten ... das hatte nun wohl auch keinen Sinn mehr. Niemals würde der Fallmüller damit einverstanden sein, ihm den Hof zurückzuverkaufen, auch wenn er genügend Geld hätte. Dazu hatte er die Falkenhofer viel zu lange als seine Gegner betrachtet.

Mit diesem Geschäft triumphierte er, und diesen Triumph würde er sich nicht wieder nehmen lassen.

Wenige Tage später brachte auch Paula die Nachricht, dass der Fallmüller und der Falkenhofer beim Notar gewesen seien, und der Verkauf des Falkenhofes schon über die Bühne gegangen sei.

»Es wird dem Fallmüller, dem raffgierigen Kerl, keinen Segen bringen!«, rief sie erbittert.

»Warum denn nicht?«

»So was kann nichts Gutes bringen!«

Bruno seufzte.

»Aber, Paula, der Fallmüller hat doch nur angenommen, was mein Bruder ihm angeboten hat. Das ist sein gutes Recht! Nein, der Schorsch ist es, der Vorwürfe verdient hat, nicht der Fallmüller. Ich bin bloß froh, dass der Vater das nicht mehr erleben musste.«

»Und wenn er noch da wäre und zu dir sprechen könnte, dein Vater, dann würde er heute sagen: Der Falkenhof gehört dir, Bruno – und nicht dem Fallmüller!«

Hell leuchteten die Augen der alten Frau.

»Ich? Aber was soll ich denn noch tun?«, sagte Bruno niedergeschlagen. »Ich habe doch versucht, dem Schorsch ins Gewissen zu reden – aber es hat alles nichts genützt! Jetzt ist es zu spät. Der Fallmüller hat den Hof, und er wird ihn nicht wieder hergeben.«

Da legte ihm Paula die Hand auf die Schulter.

»Lass den Kopf nicht hängen, Bub! Ich kenne dich besser als die anderen, du bist ein ganz besonderer Mensch, und ich glaube fest daran, dass du eines Tages Bauer auf dem Falkenhof sein wirst, Fallmüller hin oder her!«

Bruno schüttelte betrübt den Kopf. »Du irrst dich, Paula. Wenn es gilt, einen Menschen vom Berg zu holen, der sich in der Wand verstiegen hat oder der vom Schneesturm überfallen wurde – ja, da kann ich etwas tun. Und weißt du auch, warum? Bei den Bergen weiß ich, wie ich mich verhalten muss, um ein Unglück zu verhindern. Doch bei Menschen ... Wer kann erraten, was er tun muss, wenn er einen Menschen von einer Untat abhalten will? Ich jedenfalls kann es nicht.« Er konnte jedoch nicht lange über das Geschehene nachgrübeln. Er musste wieder arbeiten; die Säge durfte nicht stillstehen. Seine Verpflichtungen erforderten im Moment seine ganze Aufmerksamkeit. Wenn er ihnen vor lauter Betrübnis nicht nachkam, war die Säge vielleicht bald auch schon verloren, so wie der Hof. Bruno arbeitete konzentriert und schnell, und seine Aufträge wurden immer pünktlich erledigt. Das war einerseits gut, denn so konnte er die Raten für das Bankdarlehen immer pünktlich bezahlen. Andererseits hatte sich inzwischen herumgesprochen, dass er gute Arbeit lieferte und man sich auf ihn verlassen konnte. Neue Aufträge kamen hinzu, und manchmal wusste er gar nicht mehr, wie er die ganze Arbeit bewältigen sollte.

Da rief ihn eines Tages Paula aus der Säge. »Ein Brief ist gekommen«, sagte sie.

Er öffnete den Umschlag; Paula schaute ihm über die Schulter und las die Zeilen mit. Es war die Handschrift Schorschs.

»Lieber Bruder!

Lass es gut sein zwischen uns! Ich möchte nicht, dass wir uns als Feinde trennen.

Morgen ziehen wir fort, vorläufig zu meinem Schwiegervater ins Ostrachtal. Dort will ich sehen, wie es weitergeht.

Ich verstehe deinen Groll gegen mich, und es war auch für mich kein leichter Entschluss, den Hof aufzugeben, aber es ging um die Gesundheit meiner Frau.

Henriette ist einfach nicht in der Lage, weiter die schwere Arbeit auf dem Hof zu machen. Sie hat sich alle Mühe gegeben, aber seit ihrer Fehlgeburt ging es immer schlechter, und wir mussten einsehen, dass es für sie besser ist, den Falkenhof nicht länger zu behalten.

Ich liebe meine Frau, und ich bringe ihr dieses Opfer, damit sie gesund wird und wir beide ein glückliches Leben führen können. Vielleicht bin ich ein Feigling, doch ich wusste ganz genau, dass du meinen Entschluss niemals billigen würdest, deshalb habe ich ihn getroffen, ohne dich darüber zu informieren.

Zum Schluss bitte ich dich noch, für die Paula zu sorgen – schon im Andenken an den Vater.

Schorsch«

Bruno knüllte den Brief zusammen und warf ihn in den Wildbach. Schweigend kehrte er in die Säge zurück.

Am wenigsten machte sich der Fallmüller aus dem Gerede.

»Jeder ist sich selbst der Nächste«, sagte er sich. Und er wanderte zur Höhe hinauf und überschaute das ganze weite Gelände, das nun ungeteilt sein Eigentum geworden war.

Man fand ihn von nun an bald auf seinem eigenen Hof, bald im Falkenhof; überall hatte er nach dem Rechten zu sehen, denn überall war er der Herr.

Das ging eine ganze Weile so, doch schließlich musste er einsehen, dass ein doppelter Besitz auch doppelte Arbeit mit sich brachte, so dass er sich eigentlich selbst hätte verdoppeln müssen, um alles so unter Kontrolle zu haben, wie er es gerne wollte.

Der Fallmüller überdachte das Problem, und eines Abends glaubte er die Lösung gefunden zu haben. Er rief seine Tochter zu sich, und verkündete ihr: »Du musst auf den Falkenhof ziehen, Wally; dort fehlt es an einer tüchtigen Bäuerin.«

Wally schaute ihn trotzig an.

»Eine Bäuerin, sagst du? Ich hätte eher gedacht, dass es dort an einem Bauern fehlt!«

»Der Bauer kommt früher oder später ganz von selbst«, sagte der Fallmüller mit verschmitztem Gesicht.

Wally schüttelte den Kopf. »Das hättest du dir früher überlegen müssen, Vater, ob du imstande bist, zwei Höfe von hier aus zu bewirtschaften. Ich jedenfalls gehe nicht auf den Falkenhof!«

»So? Du gehst nicht?«

Der Fallmüller wurde ärgerlich; diese Antwort hatte er nicht erwartet. »Und warum nicht?«

»Weil dein Handel mit dem Falkenhof ein Verbrechen war! Ich will nichts damit zu tun haben!«

»Ein Verbrechen?« Jetzt lachte der Alte laut auf. »Ich habe den Falkenhof nicht gestohlen, Wally, ich habe ihn gekauft! Und ich hätte ihn nicht kaufen können, wenn der Falkenhofer ihn mir nicht hätte geben wollen. Jetzt möchte ich doch wissen, was daran ein Verbrechen ist.«

Aber Wally blieb verstockt.

»Versuch bloß nicht, die Sache zu beschönigen, Vater! Ich weiß genau, wie alles zugegangen ist. Der Schorsch hat sich nicht weniger schäbig benommen als du. Der Falkenhof war fast zweihundert Jahre in Familienbesitz, und der Bruno wäre der Erste gewesen, dem der Schorsch den Hof hätte anbieten müssen, wenn er selbst ihn schon nicht mehr haben wollte! Du hast dem Bruno die Heimat genommen!«

»Heimat!«, schnaubte der Fallmüller. »Wieso die Heimat? Was hat denn der Bruno noch mit dem Hof zu tun? Sein Bruder war Eigentümer, und dem Bruno steht nur noch eine Ausgleichszahlung von ihm zu. Diese Zahlungsverpflichtung habe ich übernommen, und das ist vertraglich geregelt worden. Ist es nicht gleich, ob er sein Erbgut von seinem Bruder oder von mir bekommt?«

»Tu, was du willst, Vater – aber sieh zu, dass du jemand anderen findest, der für dich auf den Falkenhof geht, wenn du sonst nicht mehr mit der Arbeit fertig wirst. Ich jedenfalls werde es nicht tun! Lieber packe ich meine Sachen und gehe irgendwohin als Dienstmagd!«

»Was redest du denn da für ein dummes Zeug?«

Dem Fallmüller brach nun doch der kalte Schweiß aus, als er seine Tochter so reden hörte. »Ist das nun der Dank, dass ich für deine Zukunft sorgen wollte? Ich dachte, wenn du einmal heiraten willst, dann hast du etwas Eigenes. Denn ich werde noch lange nicht übergeben. Aber ich kann die Arbeit auf beiden Höfen nicht bewältigen. Was soll ich jetzt mit dem Falkenhof anfangen?«

»Warum hast du ihn dann gekauft? Von mir aus kannst du ihn den Armen schenken!«, rief Wally erbost aus und ließ den Vater stehen.

Schon nach wenigen Tagen kam es zu einer zweiten Aussprache zwischen den beiden. Der Fallmüller war inzwischen sehr kleinlaut geworden.

»Es muss etwas geschehen!«, sagte er zu seiner Tochter. »Der Falkenhof braucht eine Hand, die alles zusammenhält. Wenn es noch lange so weitergeht wie jetzt, fällt ja alles auseinander. Hast du dir noch einmal durch den Kopf gehen lassen, was ich dir vorgeschlagen habe?«

»Ich?« Wally stand mit trotzigem Gesicht da.

»Gut«, sagte sie plötzlich und schaute den Vater entschlossen an. »Ich gehe in den Falkenhof – aber nur unter einer Bedingung!«

»Und die wäre?«

»Dass der Falkenhof auf mich verbrieft wird. Ich will dort die Bäuerin sein, und niemand soll mir dreinreden dürfen. Das ist meine Bedingung.«

Der Fallmüller traute seinen Ohren nicht. »Bist du verrückt geworden? Vertraust du am Ende deinem eigenen Vater nicht?«

»Ich vertraue niemandem mehr, Vater. Die Welt ist voller Lug und Trug. Wenn ich den Falkenhof übernehme, dann will ich selbst entscheiden können, was ich mit ihm tue oder lasse. Wenn du das nicht willst, dann behalte ihn und mach mit ihm, was du willst!«

Der Fallmüller überlegte noch einige Tage; dann gab er nach. Noch einmal ging er zum Notar, und diesmal ließ er den Falkenhof mit allen Liegenschaften auf seine Tochter Wally überschreiben.

Jetzt zog das Mädchen tatsächlich in den Falkenhof um. Und wer die Fallmüller-Wally für ein schüchternes, vom Vater unterdrücktes Wesen gehalten hatte, der wurde von nun an eines Besseren belehrt. Wally entpuppte sie sich als eine entschlossene, tüchtige Frau. Sie hielt die Zügel fest in der Hand und war eine Bäuerin, wie man sie sich kaum besser vorstellen konnte – eine kluge und energische junge Frau, die auch mit den Leuten, die dort arbeiteten, gut umzugehen verstand. Auf dem Falkenhof wurde wieder fleißig gearbeitet, und es herrschte Ordnung in Haus und Hof.

Die Leute von Hochwies staunten darüber. Mehr noch wunderten sie sich jedoch über den Fallmüller, der nur noch bis zur Gemarkung ging, die beide Höfe voneinander trennte, den Falkenhof aber nicht mehr betrat, als wäre ihm das Haus verboten worden.

Und da entdeckte man, dass zum ersten Mal seit langer Zeit wieder am Abend vor dem Kruzifix unter den alten Ahornbäumen das Armeseelenlicht brannte. Der Falkenhof fand zu seinen alten Gewohnheiten wieder zurück, und die Fallmüller-Wally stieg in der Meinung der Menschen zu einem Beispiel bäuerlicher Tugenden auf.

Die alte Paula ging zum Bruno in die Säge. Die Maschinen ratterten laut; sie konnte das Getöse nicht überschreien und winkte ihm mit wichtiger Miene zu.

Bruno kam heran und sah sie fragend an.

»Der Fallmüller ist drin«, schrie sie ihm ins Ohr. »Er will mit dir reden!«

»Er soll gleich wieder gehen!«, erwiderte Bruno, der bei diesen Worten finster dreinblickte. Die alte Frau schüttelte den Kopf; diesen Standpunkt konnte sie nicht gutheißen.

»Komm!«, rief sie energisch.

Da stellte Bruno die Säge ab und stieg hinauf in seine Stube.

Der Fallmüller stand breitbeinig vor dem Tisch und lächelte dem jungen Mann wohlwollend entgegen.

»Du hast noch Geld von mir zu bekommen«, sagte er. »Ich habe es dabei.«

Er griff in seine Rocktasche und zählte eine Anzahl Banknoten auf den Tisch.

Bruno schaute ihm grollend zu.

»Ich habe dir den Hof nicht verkauft!«, knurrte er.

»Du nicht, aber dein Bruder. Und dessen Verpflichtung, dich auszuzahlen, habe ich übernommen. Du bekommst es von mir sogar auf einmal, nicht in Raten, wie es bei deinem Bruder gewesen wäre.«

»Ich will dein Geld nicht, Fallmüller!«

Der Fallmüller schaute ihn ganz verdutzt an.

»Was? Du willst es nicht?«

So etwas hatte ihm noch keiner gesagt!

Er begann von neuem. »Mein lieber Bruno, du hast einen Anspruch darauf, also bekommst du es auch. Und du kannst es doch auch brauchen, du hast schließlich einen Kredit abzuzahlen.«

»Das ist meine Sache, Fallmüller!«

»Ja, ja, freilich – ich hab ja auch bloß gemeint, es würde dir helfen, wenn du das Geld möglichst schnell bekommst ...«

»Ich kann mir schon denken, wie du das meinst!«, sagte Bruno kurz.

Der Fallmüller war gekränkt.

»Aber hör mal, Bruno, das ist doch albern! Ich verstehe ja, dass du nicht erfreut darüber bist, dass ich den Hof gekauft habe. Aber dazu muss ich dir doch sagen, dass ich nicht deinem Bruder ins Haus gelaufen bin, sondern er ist zu mir gekommen – oder vielmehr, er hat seinen Schwiegervater zu mir geschickt und mir den Falkenhof antragen lassen. Und ein solches Geschäft konnte ich mir doch nicht entgehen lassen! Du hättest an meiner Stelle nicht anders gehandelt! Aber niemand kann mir nachsagen, dass ich bei meinen Geschäften andere Leute betrüge. Im Kaufvertrag habe ich mich verpflichtet, dir dein Erbteil auszubezahlen, und das habe ich hiermit getan. Es ist kein Geld, das ich dir schenke, sondern es ist dein gerechter Anteil am Erbe deines Vaters.«

Und ohne das Geld zurückzunehmen, verließ der Fallmüller mit einem kurzen Gruß die Stube.

Bruno lauschte auf die schweren Schritte, die draußen allmählich verklangen; dann wollte er in die Säge zurückkehren. Aber Paula, die alles mit angehört hatte, vertrat ihm den Weg.

»Steck das viele Geld weg, Bruno!«

»Das Schandgeld!«, grollte er. »Ich rühre es nicht an! Meinetwegen trag es zum Pfarrer, damit er eine Stiftung macht für ein Waisenhaus oder für irgendwelche arme Teufel!«

»Denk an deine Schulden!«, sagte Paula beschwörend.

»Weg mit dem Geld, sag ich!«, rief er. »Es liegt ein Fluch darauf!«

Mit einer wütenden Bewegung fegte er die Banknoten vom Tisch und lief hinaus. Paula aber bückte sich und hob das Geld vom Boden auf.

»Männer!«, brummte sie kopfschüttelnd. »Nichts ist mit ihnen anzufangen, wenn sie glauben, ihre Ehre sei gekränkt worden! Ich muss warten, bis er ruhiger geworden ist.«

Dann trug sie das Geld in ihre Kammer und verwahrte es in ihrem Schrank.

8

Sturmwetter hatte eingesetzt. Kalte Regenschauer gingen nieder und kündigten den Winter an. In den Bergen wütete schon der erste Schneesturm.

Als es Nacht geworden war, lief Bruno hinaus in den Sturm. Er wollte nicht daheim sein. Er konnte das sorgenvolle Gesicht von Paula nicht mehr mit ansehen. Der Wind bließ ihm die Eiskörner hart ins Gesicht. Er schaute zum Dorf hinab und sah das Schaukeln der Straßenlichter, die tanzenden Schatten an den Wänden der Häuser und am weiß getünchten Turm der Kirche. Dann blickte er hinüber zum Falkenhof, der dunkel am Rücken des Berges lag. Nur ein einziges kleines Licht funkelte von dort herüber. Es brannte in der Stube, in der jetzt wohl die junge Bäuerin saß in der behaglichen Wärme des großen Kachelofens.

Bruno lief weiter, als wollte er seinen Gedanken entfliehen. Der Sturm war ihm nicht einmal unrecht; er passte zu seiner Gemütsverfassung.

Später schlug drunten die Glocke im Kirchturm an. Er hörte zunächst nicht darauf, aber dann kam es ihm plötzlich zum Bewusstsein, dass dieses nächtliche Läuten etwas Besonderes bedeuten musste.

War es ein Notsignal? War in den Bergen etwas passiert?

Er spähte suchend empor, und da entdeckte er einen Lichtschein, der von der Kreuzalpspitze herableuchtete.

Also doch: Alarm in den Bergen! Vielleicht waren wieder ein paar unerfahrene Menschen in den Schneesturm geraten.

Das Notlicht von der Kreuzalpspitze brannte weiter. Es rief die Menschen zur Hilfe, und nachdem es im Dorf gesehen worden war, hatte man die Glocke geläutet, um Helfer zu alarmieren. Vom Dorf brachen jetzt wohl die Burschen auf und stiegen gegen das schwarze Gebirge an.

Auch Bruno klomm ohne zu zögern den steilen Hang hinauf und lief dann querfeldein der Höllenklamm entgegen.

Drunten an der Säge wurde inzwischen wiederholt an die Tür geklopft.

»Der Bruno soll kommen! Ein Notfall in den Bergen! Es werden Lichtsignale vom Berg ausgeschickt!«, rief jemand vor dem Haus.

»Der Bruno ist nicht da!«, rief Paula zum Fenster hinaus. »Er hat das Licht bestimmt schon gesehen!«

»Wir wollen's hoffen!«

Bruno sah ein paar Fackeln tief unter sich am Berg aufflammen. Ein Rettungstrupp war dort unterwegs.

Aber er konnte nicht auf ihn warten; er hätte dadurch zu viel Zeit verloren. Vielleicht kam es ja auf jede Minute an.

Plötzlich tauchte plötzlich vor ihm am Weg eine schwarze Gestalt auf.

»Nimm mich mit! Ich will dir helfen!«, sagte eine Stimme.

Es war der Geyer-Franz.

Wie kam es, dass er sich auf einmal an einer Rettungsaktion beteiligen wollte? Bis jetzt hatte man ihn noch bei keiner gesehen.

Bruno überlegte aber blitzschnell, dass der Geyer-Franz sicher eine bessere Hilfe als viele andere sein würde. Er war in den Bergen aufgewachsen und wusste überall gut Bescheid. Außerdem konnte er klettern wie eine seiner Bergziegen und kannte genauso wenig Furcht wie Bruno selbst. Man erzählte sich, dass er sogar einmal ohne Sicherung über den Kargrat der Großen Wilden gelaufen sei.

»Komm!«, sagte Bruno, und der Geyer-Franz schloss sich ihm an.

Schweigend stiegen sie hintereinander zur Kreuzalpspitze hinauf.

Zwei Touristen waren in Bergnot geraten. Sie waren am frühen Morgen trotz Warnung durch Richard von der Kreuzalphütte zum Hohen Licht aufgestiegen und wollten am Abend zurück sein. Dann war nachmittags, schon rechts spät, der Schneesturm losgebrochen. Als der Tag erlosch, hatte sich Richard auf die Suche gemacht, aber er konnte bei der schlechten Sicht nichts entdecken. Dann endlich hatte er in der Wand über dem Joch ein Notsignal zu sehen geglaubt.

Daraufhin hatte er seine Lichtzeichen in die Nacht hinausgeschickt, die das Dorf alarmierten. Die Sturmglocke wurde geläutet, die Burschen hatten sich in Gruppen aufgeteilt, um die Vermissten zu suchen und zu bergen.

Der Sturm tobte weiter. Eisige Regenschauer prasselten herab, während droben in den Felsregionen Schnee fiel, der Wege und Steige verschüttete.

Auch im Dorf fand niemand Ruhe.

Immer wieder lief ein Nachbar zum andern ins Haus, um zu erfahren, ob man dort schon etwas wisse. Aber es kam keine Botschaft von droben, vom Berg.

Der Knecht vom Falkenhof kehrte um Mitternacht aus dem Dorf heim. Wally rief ihn zu sich und wollte ebenfalls wissen, ob man im Dorf schon etwas Neues erfahren hätte. Aber dort wusste man immer noch nichts; es war noch keiner zurückgekehrt.

»Ist der Falken-Bruno mit dabei?«, fragte Wally.

»Man hat ihn daheim nicht gefunden, aber man nimmt an, dass er aufgestiegen ist, denn sonst wäre er ja irgendwann aufgetaucht.«

Es war schon weit nach Mitternacht, als endlich die Ersten erschöpft in der Kreuzalphütte eintrafen. Sie waren in den mächtigen Verwehungen stecken geblieben und hatten umkehren müssen. Andere, die später ankamen, wollten gesehen haben, dass zwei Lichter hoch droben am Gewänd herumgegeistert wären. Auch Richard hatte diese Lichter gesehen.

»Sie sind es!«, rief eine Stimme.

»Wer?«

»Die Vermissten! Sie finden keinen Weg – und man kann vorerst nicht an sie heran.«

Richard schüttelte den Kopf.

»Das ist sicher der Falken-Bruno«, sagte er.

»Und der Zweite?«

Darauf wusste niemand eine Antwort.

Schließlich waren alle Teilnehmer der Rettungstrupps in der Hütte beisammen. Der Falken-Bruno freilich fehlte immer noch.

»Und wer war sein Begleiter?«

Die Antwort auf diese Frage erhielt man erst in den Morgenstunden, als das Gewölk aufbrach und ein frostiger Wind an den Fenstern vorbeistrich.

Noch einmal wollten die Burschen beim ersten Tageslicht aufbrechen, und sie fingen eben an, sich dafür zu rüsten, als vor der Hütte plötzlich Schritte stampften – und dann wurde die Tür aufgestoßen.

Bruno brachte den ersten Vermissten; er trug den Erschöpften auf den Schultern.

Hinter ihm betrat noch ein Mann die Stube, der mit unsicherem Blick in das Licht starrte; er trug den zweiten Vermissten.

Es war der Geyer-Franz.

Doch keiner von den Männern gab dem Erstaunen über das unvermutete Auftauchen des Sonderlings Ausdruck; man kümmerte sich zuerst um die beiden Geretteten. Luzie flößte ihnen heißen Grog ein, und als sie sich ein wenig erholt hatten, wurden sie zu Bett gebracht.

Auch Bruno und der Geyer-Franz waren arg mitgenommen; sie saßen schweigend da und schlürften den Grog, den ihnen Luzie gebracht hatte. Als man Bruno schließlich mit Fragen bestürmte, antwortete er nur kurz:

»Es war schlimm.«

Er trank sein Glas aus und gab es Luzie zurück, die neben ihm stand; er hob seinen Blick und schaute ihr lange in die Augen, ohne ein Wort zu sagen.

Plötzlich schien es ihm zu eng zu werden in der Stube. Er stand auf und winkte dem Geyer-Franz zu.

»Komm, Franz«, sagte er heiser.

Sofort stand auch der Geyer-Franz auf und blickte Bruno gehorsam an. Er hatte noch kein einziges Wort gesprochen.

Zusammen verließen sie die Hütte, und Luzie starrte ihnen stumm nach. Alle wunderten sich, dass der sonst so menschenscheue Geyer-Franz dem Falken-Bruno wie ein treuer Hund nachlief.

Wenige Tage später stieg Bruno wieder zur Kreuzalphütte hinauf. Er fühlte, er musste mit Luzie sprechen – über alles, was inzwischen geschehen war. Sicherlich hatten sich alle sehr gewundert über sein merkwürdiges Verhalten.

Unterwegs traf er den Forsteleven, der bereits wieder Dienst tun konnte. Ein wenig zog er noch den linken Fuß nach, den er sich bei dem Absturz erheblich verletzt hatte.

Die Freunde begrüßten sich und setzten sich auf einen Baumstamm, der am Weg lag.

»Falls du zur Kreuzalphütte gehst – die Luzie ist nicht daheim«, sagte der Jäger. »Sie ist zur Schönbuchalm gegangen.«

Bruno nickte. Er würde ihr ein Stück entgegengehen.

»Man hört gar nichts darüber, was euch in der Sturmnacht widerfahren ist, dir und dem Geyer-Franz.«

»Was soll man da groß darüber erfahren? Es ist doch immer das Gleiche. Zwei Menschen bleiben in der Wand stecken und können nicht mehr weiter. Der Schneesturm überrascht sie und überschüttet sie mit Schneemassen. Wer sie retten will, muss schneller sein als der Bergtod ...«

»Du bist wirklich ein Alpenkönig, Bruno! Wie viele Menschen haben dir schon das Leben zu verdanken!«

»Diesmal war es ganz schön haarig. Ich hätte es nicht geschafft, wenn nicht der Geyer-Franz mir geholfen hätte. Ich freue mich, dass ich das sagen kann. Es findet sich selten genug jemand, der von dem armen Teufel etwas Gutes zu sagen weiß.«

Robert betrachtete das düstere Gesicht des Freundes.

»Bruno«, sagte er dann, »du hast auch mir das Leben gerettet – und ich möchte so gern etwas für dich tun«.

»Für mich?«

»Ich sehe ja, wie du unter deinen Verhältnissen leidest; ich möchte dir helfen.«

Bruno warf dem Freund einen erstaunten Blick zu.

»Natürlich kann ich dir nicht direkt helfen«, fuhr Robert fort. »Aber ich glaube, ich kann dir vielleicht einen Ausweg zeigen, den du selbst nicht sehen kannst.«

»Was für einen Ausweg? Was der Fallmüller in seinen Pranken hat, das hält er fest, Robert!«

»Das mag schon sein. Aber den Falkenhof hat er gar nicht in den Pranken. Der Hof gehört seiner Tochter. Weißt du denn nicht, dass die beiden beim Notar waren und den Hof auf Wally überschreiben ließen? Und warum hat die Wally so gehandelt? Deinetwegen, Bruno!«

Bruno schwieg und grübelte.

»Ich will dir noch etwas sagen, Bruno. Die Fallmüller-Wally liebt dich!«

Bruno wollte aufstehen, aber der Jäger hielt ihn zurück.

»Lauf jetzt nicht gleich davon, Bruno! Denk darüber nach. Das ist der Ausweg; du kannst den Falkenhof jederzeit haben, wenn du nur willst.«

»Lass nur, Robert. Ich danke dir, dass du mir helfen willst. Aber ich weiß nicht, ob ich das tun kann, was du mir rätst. Hat nicht auch die Wally einen Mann verdient, der sie selbst haben will und nicht nur ihren Hof?«

Sie standen auf, drückten sich die Hände und trennten sich. Bruno lief quer über ein Hochmoor auf die Schönbuchalm zu. Auf halbem Weg dorthin traf er Luzie. Sie erzählte ihm gleich, dass die beiden Geretteten in der Kreuzalphütte schon wieder ganz munter seien. Aber sie wollten gerne ihren Retter sehen, um ihm zu danken – den Falken-Bruno.

»Es war doch auch der Geyer-Franz dabei«, sagte Bruno. »Warum spricht niemand von ihm? Alle reden nur immer von mir. Und was bin ich schon?«, fuhr er düster fort. »Ich habe nicht einmal den Falkenhof beschützen können – obwohl ich es dem sterbenden Vater in die Hand versprochen habe. So ist das, Luzie. Das ist dein Alpenkönig!«

Sie gingen über das Hochmoor, durch das eine Riegelbrücke führte. In den Tannen rauschte leise der Wind.

»Ich weiß, Bruno. Aber ich weiß auch, dass sich eine Möglichkeit ergeben hat, wie du den Hof wiederbekommen kannst.«

Er sah sie fragend an, und sie lächelte.

»Robert war gestern bei uns und hat mir davon erzählt. Er findet, du solltest es tun.« Sie zögerte kurz, dann fügte sie hinzu, ohne ihn anzusehen: »Und ich finde es auch.«

»Luzie, du meinst doch nicht ...«

»Doch, genau das meine ich.«

»Dann verliere ich also dein goldenes Herz, Luzie!«

»Nein, das ist nicht wahr. Es kommt doch darauf an, dass wir beide im Leben glücklich werden können. Wenn der Falkenhof in fremden Händen bliebe, könntest du nie glücklich sein – auch nicht mit mir. Ich habe doch Augen im Kopf! Ich kann mir eine Zeit vorstellen, in der du mit einem gesunden, pausbackigen Buben an der Hand über die Wiesengründe des Falkenhofes wanderst – der Bauer vom Falkenhof und sein Sohn. Etwas Schöneres kann ich mir für dich nicht vorstellen.«

»Du schickst mich also fort?«

»Weil es sein muss!«

»Luzie!«

Er zog sie in tiefer Bewegung an sich und küsste sie.

»Leb wohl, mein Alpenkönig«, sagte sie mit bebender Stimme.

Dann wandte sie sich ab und ging schnell davon. Sie lächelte sogar – aber sie konnte ihn nicht täuschen. Die Tränen verbiss sie sich nur tapfer, so lange sie nicht unbeobachtet war. Lange stand er da und sah ihr nach.

Der Falken-Bruno und die Fallmüller-Wally begegneten sich einige Tage später unter den Ahornbäumen vor dem Haus, als die Dunkelheit eingebrochen war. Wally war aus dem Haus gekommen, um das Armeseelenlicht vor dem Kreuz anzuzünden – und sie wich erschrocken zurück vor dem dunklen Schatten, der unter den Bäumen stand.

»Du brauchst dich nicht zu fürchten, Wally! Ich bin's, der Bruno.«

Sie stand in fassungsloser Überraschung da.

»Ich wollte bloß das Licht anzünden«, sagte sie nach einer Weile.

»Tu es, Wally!«

Sie ging auf das Kreuz zu, und gleich darauf schimmerte das rötliche Licht in der Nacht. Vom Dorf herauf tönte die Angelusglocke.

»Sag, Wally: Warum tust du das?«, fragte Bruno leise.

»Weil ich finde, dass es sich so gehört. Als Kind hab ich oft herübergeschaut auf dieses Licht.«

Er war gerührt.

»Willst du nicht ein wenig hereinkommen?«, fragte sie ihn dann.

»Ich? Was soll ich denn im Falkenhof?«

Ihr Gesicht leuchtete bleich aus der Nacht hervor. Der rötliche Schein der Laterne flackerte darüber hin. Bruno dachte an die Begegnungen, die er hier mit Henriette gehabt hatte, und erinnerte sich an die Worte, die sie gesprochen hatte, als sie das Kind erwartete.

Was war seitdem alles geschehen!

»Ich hab schon auf dich gewartet«, sagte sie.

»Du hast auf mich gewartet?«

»Komm zurück auf den Hof, Bruno! Mein Vater hat einen schweren Fehler gemacht, als er ihn deinem Bruder abgekauft hat. Das war nicht richtig von ihm. Deshalb habe ich dem Vater den Falkenhof weggenommen. Du sollst ihn wiederhaben!«

Er schaute sie bestürzt an.

»Wie soll ich das verstehen, Wally?«

Sie lachte. Es sollte vergnügt klingen, doch klang da nicht ein falscher Ton durch, der nicht recht passen wollte?

»Hast du Angst, ich will dich zur Ehe pressen? Da mach dir mal keine Sorgen. Der Mann, den ich einmal heirate, der muss mich wirklich haben wollen.«

Sie schwieg einen Moment, und dann sah sie ihn direkt an. »Es ist doch ganz einfach! Du ziehst auf den Hof, und ich gehe fort.«

»Du gehst fort?«

Bruno traute seinen Ohren nicht.

»Warum nicht? Ich bin ein freier Mensch und kann tun und lassen, was ich will. Der Falkenhof gehört mir ganz allein. Ich kann damit machen, was mir gefällt. Zum Beispiel kann ich ihn dir verkaufen ... oder auch verschenken. Man kann sich höchstens darüber wundern – aber das kümmert mich nicht.«

Fassungslos starrte Bruno sie an.

»Was redest du da, Wally?«

»Wir sind als Kinder miteinander zur Schule gelaufen, einmal hast du mich aus dem Weiher gezogen, ein andermal hast du die Buben verprügelt, weil sie mich mit Spottversen auf meinen Vater quälten, den geizigen Fallmüller. Das habe ich dir nie vergessen, und ich habe immer gehofft, dass ich dir irgendwann einmal auch helfen kann. Und ist das nicht die beste Gelegenheit dazu? Glaubst du, ich wüsste nicht, wie sehr du unter dem Verlust deines Heimathofes leidest? Was dein Bruder und mein Vater getan haben, das war eine Sünde. Ich werde es wieder gutmachen!«

»Bist du denn verrückt geworden, Wally?«

Sie lachte.

»O nein! Ich weiß genau, was ich will. Wie vielen Menschen hast du Hilfe gebracht in den Bergen? Wie oft hast du dein Leben eingesetzt für andere! Alpenkönig nennt man dich. Aber kein Mensch hilft dir, jetzt, wo du selbst Hilfe brauchst. Bruno, nimm den Falkenhof zurück! Ich will es so! Du sollst nicht unglücklich sein.«

»Wally!« Er musste sich zusammennehmen, um sie jetzt nicht einfach bei der Hand zu nehmen und ihr zu sagen, dass sie von allen Menschen, die er kannte, der beste sei – sie, die Fallmüller-Wally, die immer so bescheiden abseits gestanden hatte.

Die Glocke im Tal war verstummt, und Wally löschte das Licht aus.

»Ich denke jedes Mal an deinen Vater, wenn das Licht brennt. Ob er vom Himmel herunter zuschaut, was sich hier zuträgt? Ob er weiß, was man mit dem Falkenhof gemacht hat?«

Bruno schwieg.

»Nein«, fuhr sie fort, als müsste sie sich selbst beruhigen. »Das kann doch nicht sein. Sonst müsste er sehr leiden, und das hätte er nicht verdient. Es gibt doch eine Gerechtigkeit nach dem Tode, nicht wahr?«

So sprach die Fallmüller-Wally! Bruno war sprachlos.

»Komm«, sagte sie. »Oder willst du jetzt noch nicht hereinkommen?«

»Doch, Wally – ich will schon. Aber als dein Gast, denn natürlich kommt das gar nicht in Frage, was du vorgeschlagen hast. Und trotzdem, nie hätte ich mir träumen lassen, dass es jemanden geben könnte, der so viel Edelmut aufbringt. Was bist du doch für ein ganz besonderer Mensch! Ich habe das nie bemerkt, ich muss also ein ganz schöner Esel sein ...«

Sie lachte und ging ihm voran auf das Haus zu. Er folgte ihr.

Sie betraten zusammen die große, behagliche Bauernstube des Falkenhofes.

9

Spät am Abend drückte Robert Haller auf den Klingelknopf an der Tür des schmucken Landhauses, das dem pensionierten Zollinspektor Stadler gehörte.

Die Luise öffnete ihm die Tür.

»So spät noch?«, fragte sie.

»Ich habe eine ganz große Neuigkeit!«, sagte er geheimnisvoll.

Nun hätte sie freilich gerne sofort gewusst, was für eine Neuigkeit das wäre, aber er spannte sie auf die Folter, und sie neckten einander, wie es Verliebte eben gern tun.

Als sie das behagliche Wohnzimmer betraten, quoll ihnen eine Wolke von würzig riechendem Tabakrauch entgegen.

Herr Stadler hatte Besuch. In dem kleinen Erker saß er mit einem Mann zusammen, der sich allein schon durch den qualmenden Rauch seiner Tabakspfeife verriet, auch wenn von seinem Gesicht nicht viel zu sehen war. Es war der Jäger-Barthl.

Er hatte im Auftrag seines Jagdherrn den Zollinspektor zur großen herbstlichen Treibjagd eingeladen und Stadler dadurch so viel Freude bereitet, dass man ihn nicht fortgehen ließ, ohne ihm ein Glas guten Tiroler Rotwein vorzusetzen.

Der Jäger-Barthl genoss den Wein und ließ sich gern ein paarmal nachfüllen. Er genoss aber auch seinen Knaster und paffte hemmungslos vor sich hin.

»Es lebe die Jägerei!«, sagte Herr Stadler und lud auch den jungen Forstmann ein, ein Glas mit ihnen zu trinken.

Der Jäger-Barthl blinzelte seinen Kollegen vom Staatsdienst herausfordernd an. Der Wein begann bei ihm bereits zu wirken.

»Wenn du morgen vielleicht noch einen Treiber brauchst, Barthl«, sagte Robert, »dann will ich mir gern die Zeit nehmen – das heißt, wenn du mich brauchen könntest.«

Der Barthl schaute ihn boshaft an.

»Siehst du, jetzt wirst du wieder unverschämt!«, sagte er. »So ein Grünling, der von der Rankenwand abstürzt – den können wir da kaum brauchen!«

Herr Stadler brach in ein Lachen aus; er hatte bemerkt, dass Barthl den wunden Punkt des jungen Forstmanns zielsicher getroffen hatte und dieser in nicht geringe Verlegenheit geriet.

Aber der Barthl war jetzt richtig in Fahrt.

»Ich hätte für dich eine andere Arbeit«, fuhr er fort. »Du könntest auf den Geyer-Franz aufpassen, dass er droben am Höllanger Saum nicht alle Gämsen aus dem Gehege scheucht und in den Staatswald treibt!«

»Tut er das denn?«, fragte Herr Stadler belustigt.

»Und ob! Jedes Jahr vor der großen Jagd treibt er das Wild in den Staatswald, der Gauner«, grollte der Barthl. »Oder hast du ihm etwa einen Auftrag dafür gegeben?«, fragte er Robert barsch.

Robert hatte sich von seiner Verlegenheit wieder erholt. Spitzbübisch musterte er den alten Jäger.

»Die Frage sei erlaubt, wer denn eigentlich die Ziegen vom Geyer-Franz immer vor der Jagd in dein Gehege treibt, so dass er eilen muss, um sie vor den nimmersatten Flinten eurer Jagdgäste zu schützen. Vielleicht solltest du ja lieber nicht so viele von deinen Gämsen selbst abschießen, damit du bei der Jagd nicht die Lücken mit den Haustieren anderer Leute auffüllen musst, um bei deinem Jagdherren nicht unangenehm aufzufallen.«

Nun setzte ein allgemeines Gelächter ein, an dem sich schließlich auch der Barthl beteiligte. Sie waren ja keine Feinde, die beiden Jäger; sie wollten sich gegenseitig nur necken.

Robert ergriff sein Glas und stieß mit Barthl an.

»Auf eine gute Jagd, Barthl!«

Die Unterhaltung wurde sehr fröhlich, und sie zog sich lange hin.

Luise hatte sich zu ihnen gesetzt, und sie holte eine neue Flasche, wenn wieder eine geleert worden war, oder sie öffnete einmal kurz das Fenster, wenn der Rauch aus Barthls Pfeife gar zu dicht wurde.

»Jetzt etwas anderes«, sagte dann Robert. »Ich habe eine Neuigkeit. In Hochwies wird es bald eine große Hochzeit geben!«

»Wer heiratet denn?«, fragte Herr Stadler.

Alle waren gespannt.

»Der Bruno heiratet die Wally.«

»Bravo!«, rief Herr Stadler. »Er hat mir immer Leid getan mit seiner Sehnsucht nach dem Falkenhof!«

»Und die Wally ist schon recht«, sagte der Barthl. »Der Bruno kann keine bessere Bäuerin finden.«

»Stoßen wir an auf sein Glück!«, rief Luise.

Hell klangen die Gläser aneinander.

In den Wäldern und über die Höhen knallten Schüsse; der peitschende Klang brandete gegen das steinerne Gewänd der Berge und verlor sich in vielfachem Widerhall.

Der Falken-Bruno machte sich auf den Weg hinauf zum Bergwald. Die große Jagd bot immer ein Schauspiel, das er nicht versäumen wollte.

Sonnenschein lag auf der Landschaft, und der Herbstwind rauschte in den Bäumen.

Es war diesmal eine große Jagdgesellschaft von lauter geladenen Gästen – zumeist fremde, vermögende Herren, die sich mehrere Tage lang der Freude am weidmännischen Treiben hingaben.

Der Falken-Bruno stand da und schaute den Jägern nach, die an ihm vorbeizogen. Ab und zu tauchte ein Rothirsch auf, sicherte und verschwand dann wieder im Gestrüpp des Waldes.

Da regte sich plötzlich etwas hinter einem mannshohen welken Gebüsch; Bruno merkte es am Rascheln der dürren Blätter. Irgendetwas kam ihm daran verdächtig vor, so dass er seine ganze Aufmerksamkeit darauf richtete.

Die Stimmen der Jäger ertönten in der Ferne, und Schüsse krachten.

Wieder regte es sich am Boden hinter dem Busch. Lag dort ein angeschossenes Wild, das nicht mehr entfliehen konnte? Leise schlich Bruno dorthin und bog das Geäst auseinander.

Und da sah er einen Mann flach am Boden liegen – mit dem Stutzen im Anschlag und in den Augen ein irres Flackern.

»Franz!«, schrie Bruno entsetzt.

Der Geyer-Franz sprang auf.

»Geh!«, zischte er. »Geh! Heute muss einer dran glauben! Sie haben meinen Vater im Blut liegen lassen – die Mörder!«

Bruno war schockiert über den blindwütigen Hass, mit dem der Geyer-Franz gesprochen hatte.

Was war geschehen? In dieser Verfassung hatte er den Geyer-Franz noch nie zuvor gesehen.

»Genau hier war es, wo ich meinen Vater gefunden habe«, erklärte dieser, »und einen Mörder zieht es immer an den Platz zurück, wo er die Schandtat begangen hat. Ich war schon oft hier und habe gewartet, aber nie ist er gekommen. Doch heute werde ich ihn schnappen.«

Er sagte dies in einem Ton, als wäre es das Normalste von der Welt, dass der Mann, der seinen Vater erschossen hatte, nach weit über zwanzig Jahren erstmals hier auftauchen würde.

Bruno überlief es eiskalt. Wenn Franz bei jeder Jagd hier gelauert hatte, war es fast ein Wunder, dass nicht schon längst ein Unglück geschehen war! Wie leicht hätte er einen ahnungslosen Jagdgast verletzen oder gar töten können!

»Hör mal, Franz ...«, begann er, und als Franz dadurch abgelenkt war, dass er angesprochen wurde, sprang er abrupt vor und schlug dem Geyer-Franz den Stutzen aus der Hand.

Einen Augenblick stand der Mann verdutzt da; dann aber flackerte sein Blick in irrem Zorn auf. Und als Bruno sich nach dem entfallenen Stutzen bücken wollte, packten ihn plötzlich würgende Hände von hinten an der Kehle. Der Geyer-Franz sah sich um seine Rache betrogen, und sein ganzer Hass entlud sich in diesem Augenblick auf den Bruno. Seine Erregung steigerte seine Kräfte so sehr, dass Bruno sich von dem klammernden Griff nicht sofort befreien konnte. Sie stürzten zu Boden und rangen keuchend miteinander.

Bald aber wirkte sich Brunos stärkere Kraft aus; es gelang ihm, den Würgegriff des Wütenden zu brechen. Er warf sich auf ihn, bog ihm die Arme zur Seite und hielt ihn mit eiserner Kraft am Boden nieder.

Mit schmerzverzerrtem Gesicht versuchte sich der Bezwungene noch immer zu wehren. Geifernder Schaum trat auf seine Lippen, und die zerzausten Haare hingen ihm wirr über die Stirn; er bot einen Schrecken erregenden Anblick.

Doch Bruno hatte ihn jetzt ganz in der Gewalt. Er starrte ihm scharf in die flackernden Augen.

»Franz! Erkennst du mich nicht?«, rief er heiser.

Jetzt brach der Widerstand des Burschen zusammen. Seine Muskeln erschlafften, und aus seiner Kehle drang ein wimmernder Laut.

Da ließ Bruno von ihm ab. Er stand auf, nahm den Stutzen an sich und entlud ihn.

Der Geyer-Franz rührte sich nicht.

»Steh auf, Franz!«, sagte Bruno.

Langsam gehorchte der Franz, und dann stand er gebeugt und erschöpft da.

»Komm!«, befahl Bruno.

Sie brachen auf und gingen auf die Hütte unter dem Kleinen Wilden zu. Kein Wort wurde gesprochen.

»Wirst du mich anzeigen?«, fragte der Geyer-Franz plötzlich.

»Nein«, erwiderte Bruno ernst. »Aber du musst mir versprechen, dass du von heute an aufhörst, nach dem Mörder deines Vaters zu suchen. Finde dich damit ab, dass du nie erfahren wirst, wer ihn getötet hat. Du hättest einen vollkommen unschuldigen Jagdgast töten können, wenn er ahnungslos und ganz zufällig an die Stelle gekommen wäre, wo dein Vater gestorben ist. Dein Vater ist tot, und Rache kann ihn nicht mehr lebendig machen. Der Täter mag nicht gefasst worden sein, aber, glaube mir, Gott wird ihn richten, Franz!«

Der Geyer-Franz antwortete nicht, und sie kamen nun zur Hütte.

»Versprich es mir, Franz!«, sagte Bruno beschwörend. »Oder willst du zum Mörder werden?«

Der Geyer-Franz stand mit gesenktem Kopf da. Und plötzlich brach es aus ihm heraus: »Aber ich habe es geschworen, Bruno! Meine Mutter hat mir auf dem Sterbebett einen Schwur auf die Bibel abverlangt, dass ich den Mord an meinem Vater rächen werde!«

Bruno überlief es eiskalt. Er dachte an seinen eigenen Schwur, der ihm so viele schlaflose Nächte bereitet hatte.

Was sollte er darauf nur sagen?

Endlich meinte er:

»Deine Mutter hat so kurz vor ihrem Ende nicht mehr begreifen können, dass sie von dir etwas Unmögliches verlangt, Franz. Wenn sie von dort, wo sie jetzt ist, zu dir sprechen könnte, würde sie dir sicher sagen, du solltest von deinem Vorhaben ablassen!«

Der Geyer-Franz dachte über diese Worte nach. Und plötzlich ergriff er Brunos dargebotene Hand.

»Ich verspreche es dir«, stieß er hervor.

Eine Weile blieb Bruno noch in der Hütte. Er ließ sich die Ziegen zeigen und auch das Kitz, das damals den Fuß gebrochen hatte.

»Ich danke dir!«, sagte der Geyer-Franz schließlich, als Bruno das Haus verließ.

»Wir steigen wieder zusammen in die Wand, Franz, wenn das Notsignal ruft. Willst du?«

»Ja, ich will.«

Ein neues Paar verließ den Pfarrhof von Hochwies. Die beiden jungen Menschen waren beim Pfarrer gewesen und traten nun mit zwei Zeugen vor das Standesamt – der Falken-Bruno und die Fallmüller-Wally.

Im Dorf krachten Schüsse; sie wurden von den Burschen zu Ehren des Brautpaares abgefeuert.

Wally zuckte beim ersten Schuss, der ganz in der Nähe fiel, erschrocken zusammen.

Bruno griff nach ihrer Hand.

»Was hast du denn, Wally?«

Sie musste über ihr eigenes Erschrecken schon wieder lachen.

»Weißt du denn, was das bedeutet?«, fragte er. »Sie wollen eine große Hochzeit haben, die Leute im Dorf. Es muss getanzt werden und gefeiert. Und ich finde, wir sollten ihnen den Gefallen tun.«

Sie hatten zunächst beschlossen, eine stille Hochzeit zu halten – ohne eine großartige Feier mit Musik und Festmahl und Tanz.

»Ich habe befürchtet, es könnte dir nicht recht sein. Weil es doch eine so große Überraschung ist«, sagte sie.

»Wie meinst du das?«

»Damit hat doch niemand gerechnet, dass der Falken-Bruno einmal die Fallmüllertochter heiraten würde. Hab ich nicht Recht?«

Er antwortete nicht gleich.

»Die Fallmüllertochter!«, wiederholte er dann. »Ja, die Leute sollen meinetwegen darüber staunen, aber das ist ganz und gar unsere Sache, Wally. Wir wissen beide, was wir wollen.«

Wer die beiden auf der Straße gehen sah, den Mann mit seinem markanten Gesicht, den Holzhackerhut mit dem Gamsbart verwegen auf dem Kopf, und neben ihm das frische, gesunde Mädchen in der schmucken Gebirglertracht, der konnte sich nur freuen über dieses schöne Paar. Und fast in jedem Gehöft, an dem sie vorbeikamen, krachten die Ehrenschüsse.

Die alte Paula hatte die Hände voll zu tun. Mit einem Eifer, wie er ihrem Alter kaum zuzutrauen war, flickte und strickte und ordnete sie an den Sachen, die der junge Bauer auf den Falkenhof mitzubringen hatte.

»Du wirst mein bestes und zähestes Stück sein, das ich einbringe, Paula«, sagte Bruno zuweilen scherzend.

»Ja, kann man mich denn überhaupt noch auf dem Hof gebrauchen?«

»Und wie! Du wirst wieder stöbern und schrubben und lamentieren wie eine Junge! Und, Paula – es werden früher oder später auch ein paar junge Falken herumhüpfen. Was sollt aus ihnen werden, wenn sie nicht von dir erzogen und verzogen würden?«

Sie hob tadelnd die Finger, aber ihr Gesicht verriet, wie sehr sie sich auf die Heimkehr freute.

Dann brach der Morgen des Tages der kirchlichen Trauung an. Durch das Tal zog ein grauer, kalter Herbstwind. Vom Kirchturm ertönte das festliche Geläute, und die Leute vom Dorf zogen hinauf zum Falkenhof, um das Brautpaar zum Kirchgang abzuholen.

Robert Haller, der junge Forstmann, führte die Braut. Er hatte sich heute besonders prächtig herausgeputzt, und auf dem Weg wusste er so viele nette Worte zu sagen, dass die Wally ein paarmal verstohlen lachen musste.

Es wurde ein ganz großer Tag, und als dann der Tanz begann, wurden Bruno die Freundschafts- und Ehrenerweisungen fast zu viel, die ihm von allen Seiten zuteil wurden.

Er bedauerte, dass die beiden Freunde von der Kreuzalphütte nicht gekommen waren; Luzie hatte ihm und seiner Braut durch den Jäger-Barthl nur einen herzlichen Glückwunsch geschickt.

»Sie wird dich nicht vergessen«, hatte die Wally daraufhin gesagt.

Er schaute sie groß an. »Sie hat ein starkes Herz.«

»Ich weiß, es ist dein ›goldenes‹ Herz, Bruno.«

»Und du nimmst es ihr nicht übel, dass sie mein ›goldenes Herz‹ gewesen ist?«

»Da müsste ich mich ja schämen.«

Kurz nach Mitternacht schon brach das Brautpaar auf. Der Fallmüller fuhr mit ihnen bis zum Kreuzweg. Dann stieg er aus und streckte ihnen die Hand hin.

»Fangt in Gottes Namen an!«, sagte er. »Nun wirst du doch der Bauer auf dem Falkenhof, Bruno.« Er wandte sich ab und ging davon.

Bruno hielt das Pferd noch eine Weile an; sie lauschten beide auf den Schritt des Bauern, der allmählich verklang.

»Die Entscheidung ist gefallen, Wally. Dein Vater wird in seiner Gemarkung bleiben müssen.«

»Hast du Angst vor ihm?«

»Ich? Nein.«

»Aber die Leute reden nicht gut über den Fallmüller.«

»Nur solche, die aus eigener Schwäche schuldig geworden sind. Dein Vater hat niemandem etwas weggenommen, was ihm nicht angeboten wurde. Ich denke dabei auch an meinen Bruder. Und, was noch wichtiger ist, dein Vater hat auch nie jemanden bei einem Geschäft zu betrügen versucht.«

Er dachte an jenen Tag, an dem der Fallmüller ihm den Geldbetrag gebracht hatte, der ihm von Rechts wegen als Erbteil seines Vaters zugestanden hatte. Bruno hatte ihm das Geld vor der Hochzeit wiedergebracht, doch der Fallmüller hatte es nicht wieder nehmen wollen.

»Bezahl damit das Darlehen für deine Säge«, hatte er unwirsch gemeint. »Der Mann, der mein einziges Kind zur Frau nimmt, soll bei der Hochzeit schuldenfrei sein.«

Wally freute sich über Brunos Worte.

»Und was ich dir noch sagen wollte, Bruno – dem Mädchen vom Kreuzalphaus sollst du gut bleiben. Ich möchte es so.«

»Wie meinst du das?«

»Ich weiß, was sie dir gewesen ist«

»Ich bin jetzt der Falkenhofer, Wally. Damals war das anders; da hab ich ganz in den Bergen gelebt. Wenn die Berge riefen, war ich immer da.«

»Und jetzt?«

»Von heute an werde ich mir das immer sehr überlegen müssen ...«

Im tiefsten Winter feierte dann Robert Haller im Hause des Inspektors Verlobung. Es war ihm zugesagt worden, dass er zum Frühjahr eine eigene Försterei bekommen sollte. Es konnte aber sein, dass dies sehr kurzfristig geschehen würde, und da wollte er zuvor noch mit dem geliebten Mädchen die Ringe tauschen.

Sie hatten dazu den Falken-Bruno eingeladen – aber der Freund hatte zu ihrem Bedauern abgesagt. Er hatte kurz nach seiner Hochzeit bei den Gemeinderatswahlen kandidiert und war zu seiner eigenen Überraschung mit der höchsten Stimmenzahl in den Gemeinderat gewählt worden.

Nun hatte er häufig im Dorf Sitzungen beizuwohnen und eine Menge Geschäfte zu erledigen. Und wenn er tatsächlich einmal zu Hause und die Arbeit auf dem Hof und in der Säge erledigt war, dann gab es so viel schriftliche Arbeit zu tun, dass er nicht einmal auf seinen Skiern zu seinen geliebten Bergen emporsteigen konnte. Überall gleichzeitig hätte er eigentlich sein müssen. So sagte er dem Freund mit Bedauern ab.

Der Winter verging; dann donnerten die Lawinen zu Tal, und die Schmelzwasser stürzten als Wildbäche herab. Wieder und wieder tönte der Alarmruf von Verunglückten durch die Berge, und der Falken-Bruno musste jedes Mal von neuem ausrücken.

Wally wartete stets bangend auf Brunos Heimkehr. Aber sie wusste, dass in besonders gefährlichen Situationen nur er die Kraft und den Mut hatte, bedrohte Menschen zu retten – oder Tote zu bergen. Er war und blieb der Alpenkönig ihres Herzens.

Wenn er dann in der Nacht von solchen Bergfahrten heimkehrte, dann lief sie ihm mit Freudentränen entgegen, voll Dankbarkeit, dass er ihr wieder gehörte.

Als im Frühling in den Bergen Krokus und Enzian aus den grünen Matten hervorleuchteten, stieg eines Sonntags der Falkenhofer zu den Wäldern hinauf. Er wollte wieder einmal freier atmen können – fern vom Getriebe der Menschen und in der klaren Luft der Felshöhen. Und er wollte endlich fertig werden mit jenen Gedanken an die Vergangenheit, die ihn manchmal mitten in der Arbeit bedrängten.

Auf dem Holzschlag traf er einige Arbeiter, die eben die gefällten Tannen ausasteten. Er schaute ihnen eine Weile zu, besichtigte das Holz und schätzte die Menge ab. Dann ging er mit den Holzfällern in die Hütte und hielt mit ihnen Brotzeit.

»Der Haller ist Förster geworden drüben im Rohrmoos«, erzählte einer. »Bald wird er Luise Stadler heiraten, und dann ziehen die beiden fort.«

Bruno hörte schweigend zu.

»Der arme Zollinspektor! Jetzt ist er allein in seinem Haus«, sagte ein anderer. »Das hat man von den Kindern; wenn sie groß geworden sind, fliegen sie aus und lassen die Alten sitzen.«

›Robert zieht also fort‹, dachte Bruno. ›Nun muss ich auch diesen guten Kameraden verlieren.‹

Er stieg höher empor – bis hinauf zum steinernen Gewänd. Die Luft war hier noch kalt, und in den Karen lag noch tiefer Schnee. Er kam schließlich zur Rankenwand; dort blieb er stehen und lauschte hinab auf das Rauschen des Wassers.

Hier hatte er Luise Stadler die Edelweißblüten übergeben, während Robert mit zerschundenem Gesicht auf der Bahre lag.

Er stieg über den felsigen Steig; dann stand er auf einer freien Felskanzel und schaute ins Tal. Er nahm den Hut vom Kopf und ließ eine Weile den Wind um seine Stirn wehen. In tiefen Atemzügen ließ er die kühle, herbe Luft in die Lungen strömen, und die wunderbare Stille der Bergwelt hüllte ihn ein und gab seinen Gedanken Ruhe.

Sinnend ging Bruno weiter. Er stieg über das Hochmoor und kam über die Riegelbrücke. Stumm ragte das Kreuz aus dem Gestrüpp. Hier hatte er die Luzie damals zum letzten Mal getroffen. Sie hatten voneinander Abschied genommen – damit er heimkehren konnte auf den Falkenhof.

Hatte er richtig gehandelt? Er hatte nicht das getan, wozu ihm so mancher geraten hatte, nämlich die Wally nur zur Frau genommen, um seinen Hof wiederzubekommen. Niemals wäre er, trotz allem, dazu imstande gewesen.

Nein, Wally hatte sein Herz gewonnen, auf eine ganz andere Weise zwar als zuvor Luzie, aber doch voll und ganz.

Und dennoch ... es gab einen geheimen Platz in seinem Herzen, der immer noch nur Luzie gehörte, und er spürte, dass das für immer so bleiben würde.

Wenn sein Bruder ein Mann gewesen und auf dem Hof geblieben wäre, dann wäre alles in seinem Leben ganz anders gekommen. Er hätte eifrig gearbeitet in seiner Säge – und dann wäre der Tag gekommen, an dem er Luzie heimgeholt hätte als seine Frau.

Mit einem Ruck schüttelte er diese Gedanken ab. Das alles war nun vorbei. Jetzt war er der Falkenhofer, und er hatte eine Frau, die alle Liebe verdient hatte, die er ihr zu geben hatte, eine großherzige, treue Frau, die ihm rückhaltlos ihr Herz geschenkt hatte.

Wally, seine Falkenhoferin!

Erst spät kam Bruno heim. Über dem Falkenhof lag eine feierabendliche Stille.

Bruno ging in die Stube. Es brannte noch kein Licht dort, obwohl es schon ziemlich dunkel war.

Die Stube war leer. Er ging in die Küche und dann in die Kammer. Aber es war niemand da.

Endlich kam die alte Paula zur hinteren Tür herein. Ein paar Katzen liefen ihr nach.

»Paula, wo ist die Bäuerin?«, fragte Bruno Die Alte zuckte die Schultern.

»Sie ist fortgegangen und zum Berg hinaufgestiegen.«

»Zum Berg?«

Bruno schüttelte verständnislos den Kopf. »Das verstehe ich nicht, Paula. Zu welchem Berg?«

»Zur Kreuzalpspitze.«

»Was?«

Die Paula trat dicht an ihn heran.

»Das ist heute nicht das erste Mal, Bruno«, sagte sie ernst. »Sie geht oft da hinauf – ganz heimlich. Aber ich habe es doch gesehen. Was hat die Bäuerin auf der Kreuzalpspitze zu suchen, Bruno? Ich finde, du solltest besser auf deine Frau achten! Du kümmerst dich zu wenig um sie; du bist immer fort, entweder in der Säge oder im Dorf auf einer dieser Sitzungen, oder du läufst in den Bergen herum. So geht das nicht, Bruno! Es könnt ihr etwas zustoßen. Eine Frau allein am Berg!«

Bruno schwieg. Er konnte den Vorwurf nicht zurückweisen. Er kümmerte sich wirklich zu wenig um Wally. Er ging nie aus mit ihr.

Jetzt blühte überall der Frühling. Da ging sie eben allein fort.

»Ich gehe ihr entgegen«, sagte er entschlossen.

Er kehrte in die Stube zurück und nahm seinen Hut vom Nagel. In diesem Augenblick ging draußen die Tür.

Lachend und mit frischem, gerötetem Gesicht betrat Wally die Stube. »Sieh an, der Ausreißer ist auch schon da!«, rief sie.

»Ja, wo kommst denn du her?«

Wally antwortete nicht gleich. Sie stellte eine prall gefüllte Tasche, die sie am Arm trug, auf die Bank. Bruno beobachtete sie forschend.

»Willst du mir nicht sagen, wo du jetzt warst, Wally?«

»Auf dem Berg«, antwortete sie.

»Wo denn?«

»Musst du das denn wissen?«, fragte sie ausweichend.

Paulas Warnung hatte ihre Wirkung getan; Brunos Gesicht wurde ernst.

»Ja, ich muss es wissen, was du in letzter Zeit immer auf dem Berg zu tun hast.«

»Warum bist du auf einmal misstrauisch?«

»Ich bin nicht misstrauisch, Wally«, antwortete er. »Aber Angst habe ich um dich. Glaub mir, niemand weiß besser als ich, wie schnell dort jemandem etwas zustoßen kann. Nimm wenigstens jemanden mit! Ich möchte es nicht, dass du allein in die Berge gehst!«

Jetzt schaute sie ihn treuherzig lächelnd an.

»Nur noch ein paarmal, Bruno!«, bat sie mit treuherzigem Augenaufschlag. »Dann kommt für mich ohnehin die Zeit zum Daheimbleiben.« Sie ging zur Bank und öffnete die Tasche.

»Wenn du so neugierig bist, dann muss ich dir halt das Geheimnis jetzt schon verraten. Eigentlich wollte ich noch ein paar Tage damit warten, bis ich alles fertig gemacht habe«, sagte sie glücklich lachend, und dann breitete sie vor ihm ein paar Stück Kinderwäsche aus. »Schau, das ist alles für den jungen Falken!«

»Wally!«, rief er in freudigem Erschrecken. »Wann?«

»Auf Jakobi, wenn die ersten Äpfel reifen!«

»Und du warst jetzt ...«

»In der Kreuzalphütte.«

»Wie kommt denn das? Wally, du bist bei der Luzie gewesen? Ihr beide habt miteinander genäht für unser Kind?«

Wally lachte über seine Fassungslosigkeit.

»Ach, Frauen sind in solchen Sachen doch viel klüger als Männer! Ich bin einfach zu ihr gegangen, und sie hat sich sehr gefreut. Miteinander haben wir die Sachen gemacht. Warum sollen wir das nicht tun? Bist du mir jetzt böse, Bruno?«

»Wer könnt dir böse sein! Du bist die beste aller Frauen, Wally! Und dass ich jetzt Vater werde ... das macht mich zum glücklichsten Menschen der Welt. Peter soll es heißen, wenn es ein Bub wird. Peter, wie der Großvater!«

In ungestümer Freude riss er sie an sich und küsste sie.

10

Nun war auch die Hochzeit von Robert Haller und Luise vorüber. Am Tag darauf hatte Robert mit seiner jungen Frau noch einen ganzen Abend in der Stube des Falkenhofes gesessen. Sie feierten Abschied und tauschten Erinnerungen aus. Ein letztes Mal sahen sie sich, und dabei schauten sie alle vorwärts in die Zukunft, wie es die Art der jungen Menschen ist.

Robert Haller sprach von seinem Forsthaus, das mitten im Wald stand, und von dem Glück und von der Arbeit, die ihn dort erwarteten. Und Bruno drückte den Scheidenden mit herzlichen Wünschen die Hände zum Abschied.

Am nächsten Tag zogen dann die beiden fort.

Es war an einem herrlichen, sonnigen Sonntag. Der Sommer war schon nahe, und die Berge leuchteten im Sonnenlicht.

Wally machte sich nach dem Essen fertig. Sie wollte ein wenig wandern – mit Bruno zusammen. Aber da war wieder die viele Arbeit, die ihn zurückhielt.

»Sei mir nicht böse, Wally«, bat er und deutete auf einen Stoß von Schriftstücken, die erledigt werden mussten.

»Ich weiß schon, seitdem der Falkenhofer Gemeinderat geworden ist, gehört er mir nicht mehr richtig«, sagte sie bedauernd.

»Pass auf dich auf, Wally!«, mahnte er besorgt, als sie allein zu einem kleinen Ausflug aufbrach.

Dann setzte er sich an den Tisch und begann zu arbeiten.

Still war es jetzt im Haus. Vom Stall herüber hörte man manchmal eine Kuh brüllen und mit der Kette rasseln.

In diesen Stunden am Sonntagnachmittag arbeitete es sich am leichtesten. Man wurde nicht gestört; es kamen keine Besuche.

Deshalb schaute Bruno überrascht und unwirsch auf, als dann doch plötzlich an die Tür geklopft wurde.

»Herein!«

Über die Schwelle trat ein gut gekleideter Mann – kahlköpfig, wohlgenährt, mit kleinen, fettgepolsterten Äuglein und mit einem unaufrichtigen, geschäftsfreundlichen Lächeln im glatt rasierten Gesicht.

Es war der Viehhändler vom Ostrachtal.

Das Lächeln des Viehhändlers erstarrte plötzlich und wurde zu einer Grimasse; er hatte den Bauern am Tisch erkannt und war offenbar tief bestürzt.

Bruno stand auf und trat dem Besucher mit finsterer Miene entgegen.

»Was willst du hier?«, fragte er schroff.

Der Viehhändler wich zurück und stammelte: »Ich – ich wollte zum Fallmüller ...«

»Da hast du dich in der Tür geirrt. Der Fallmüller ist drüben auf der anderen Höhe. Hier bist du auf dem Falkenhof!«

»Ja – freilich – aber ich hab doch gedacht ...«

»Was du denkst, ist nicht von Bedeutung. Das hier ist der Falkenhof, und der Falkenhofer bin ich!«

Der Mann schüttelte verständnislos den Kopf.

»Das ist doch – nein, das versteh ich nicht! Kannst du es mir erklären?«

»Wozu? Passt es dir etwa nicht, dass deine Machenschaften nicht verhindern konnten, dass der Falkenhof jetzt wieder der Familie gehört, der er zusteht? Dann gib das nächste Mal besser Acht, welches Haus du betrittst! Geh mir aus den Augen, du Lump, und lass dich hier nicht mehr sehen! Ich müsste mich sonst an dir vergreifen!«

Die Adern an den Schläfen des jungen Bauern schwollen an, und seine Augen funkelten gefährlich.

Der Ostrachtaler wandte sich zur Tür.

»Halt!«, rief Bruno. »Eine Frage habe ich noch: Was ist aus meinem Bruder geworden? Wo ist er?«

»Er wohnt noch bei mir«, antwortete der Mann; er atmete keuchend in seiner Angst.

»Was macht er bei dir?«

»Er handelt mit Vieh ...«

»So! Ein Viehhändler ist er geworden! Viel Glück! Du kannst ihm sagen, was du hier gesehen hast. Ich habe den Falkenhof jetzt in der Hand – nicht der Fallmüller! Ich habe meinem Vater auf dem Totenbett geschworen, dass der Falkenhof nicht in fremde Hände fällt, und ich habe meinen Schwur gehalten! Aber er – er hat seinen Namen verraten! Und dir sag ich ... Ach was, geh zum Teufel!«

Bruno hatte ruhig und kalt begonnen, doch im Laufe seiner Rede war er immer lauter geworden. Die letzten Sätze hatte er laut genug gebrüllt, um die Wände erbeben zu lassen. Der Ostrachtaler floh hinaus und lief rasch davon.

Bruno stand am Fenster und schaute ihm nach, als er über den Hof rannte.

Lange ließ er dann die Arbeit unberührt; er fand nicht gleich zurück zu ihr. Mit trotzigen, wütenden Schritten wanderte er durch die Stube. Ein Falkenhofer war nun Viehhändler von seines Schwiegervaters Gnaden!

Der Ostrachtaler lief unterdessen hinüber zum Hof des Fallmüllers. Aber er traf den Bauern daheim nicht an. Nur eine alte Haushälterin war da, die ihn hinaus auf die Felder verwies. Bei schönem Wetter ging der Fallmüller die Gemarkungen seiner Fluren ab. Er wollte das Wachstum sehen und die Ernte abschätzen; das war sein Sonntagsvergnügen.

Der Viehhändler ging also den Rain entlang und fand endlich den Fallmüller, der im Schatten eines Vogelbeerbaumes lag.

Er schaute dem Ankommenden nur mit blinzelnden Augen entgegen und zeigte weder Interesse noch sonst eine Gefühlsregung.

»Du kennst mich wohl nicht mehr?«, fragte der Ostrachtaler grinsend. Sie hatten sich ja einmal ganz gut verstanden.

»Doch, ich kenne dich schon, aber wenn du einen Handel suchen solltest – ich habe im Moment nichts zu verkaufen, und ich kaufe auch nichts.«

Die Antwort löste bei dem Ostrachtaler einiges Unbehagen aus. Er spürte die kühle Abweisung.

»Ich wollte wissen, was mit dem Falkenhof ist. Wie kommt es, dass dort jetzt der Bruno Bauer ist?«

Der Fallmüller lächelte ein wenig hämisch vor sich hin.

»Wie das kommt?«, wiederholte er gedehnt. »Ja, es geht oft seltsam zu im Leben. Die beiden Höfe – der meinige und der Falkenhof – stehen schon unendlich lange einander gegenüber, aber es ist immer eine gewisse Spannung von Neid und Missgunst zwischen ihnen gewesen. Die Jungen haben das immer wieder von den Alten übernommen. Ich wollte da mal Schluss machen und neue Beziehungen schaffen. Warum sollten nicht mal zwei Kinder der beiden Familien zusammenheiraten? Ich hatte es zunächst auf den Schorsch abgesehen und dachte, der wäre der rechte Mann für meine Wally. Aber der Schorsch hat dann eine Fremde hergeholt, und ich hab den Spott des ganzen Dorfes eingesteckt.«

Der Fallmüller stand gemächlich auf. »Das hat sich jetzt geändert. Es ist vorbei mit dem Spott. Und ich will dir eins sagen, ich bin froh, dass es mit dem Schorsch nichts geworden ist. Der ist kein richtiges Mannsbild und kein richtiger Bauer. Die Wally hat den Bruno geheiratet. Geh hinüber und schau dir den Falkenhof an – vielleicht kannst du auch den Falkenhofer sehen. Er hat bloß wenig Zeit, seit man ihn in den Gemeinderat gewählt hat. Aber der Hof wird tadellos geführt, denn der Bauer und die Bäuerin leisten gute Arbeit. Nein, mein Lieber, ich hab dort keine Rechte mehr, aber ich darf mich immerhin mitfreuen am Glück der Jungen.«

Der Fallmüller schwieg eine Weile und schaute hinüber zum Falkenhof.

»Es mag sein, dass du damals bloß im Auftrag deiner Tochter gehandelt hast, als der Hof verkauft wurde. Jedenfalls könnt ihr euch die Schande teilen – alle drei! Aber hier bei uns ist Ordnung! Das kannst du dem Schorsch berichten. Und jetzt – behüt dich Gott!«

Der Fallmüller ging langsam den Rain entlang und ließ den Fremden stehen. Später wandte sich seine breite, schwerfällige Gestalt einem Haferfeld zu, das zu blühen begann. Er wollte wieder allein sein und ungestört bei seinem sonntäglichen Vergnügen. Da zog der Ostrachtaler die Schultern ein und ging davon.

Der Wunsch des Falken-Bruno hatte sich erfüllt: Wally hatte ihm einen kräftigen, gesunden Buben geboren. Der Erbe war da, und wenn das Schicksal den geordneten Weg ging, dann würde in späteren Jahren wieder einmal ein Peter Schwaiger Bauer auf dem Falkenhof sein.

Hatte sich nun nicht alles erfüllt, was ein schaffensfrohes, junges Menschenherz vom Leben erwarten kann?

Bruno Schwaiger nannte einen stattlichen Hof sein Eigen, an seiner Seite stand eine tüchtige Frau, und in der Wiege lag ein gesunder, kräftiger Junge.

Ja, es gab schöne Tage im Falkenhof. Die Paula war völlig vernarrt in den Buben in der Wiege und schien vor Glück zehn Jahre jünger zu werden. Sie wollte unbedingt noch erleben, wie der Erbe des Hofes heranwuchs.

Und über die Gemarkung herab kam nun doch in regelmäßigen Abständen der Fallmüller. Er wollte nur schnell den kleinen Falken sehen und ihm ein paar Geschenke geben, mit denen der Bub freilich noch nichts anzufangen wusste.

Nur wenn gerade der Falkenhofer zur Tür hereinkam, dann hielt sich der Fallmüller wohlweislich zurück.

Es war immer noch eine gewisse Spannung zwischen den beiden Männern, denn Bruno konnte dem Alten auch jetzt noch nicht verzeihen, dass er einst den Heimathof an sich gerissen hatte. Aber der kleine Peter überbrückte allmählich ganz unmerklich die Kluft zwischen dem Vater und dem Großvater.

Meistens arbeitete Bruno nach wie vor drunten in der Säge. Nur während der Erntezeit blieb er auf dem Hof. Es gab keine wirtschaftlichen Sorgen mehr; das Holzgeschäft ging sehr gut.

Und doch glomm im Herzen des Falken-Bruno immer noch der Funke einer wilden, namenlosen Sehnsucht, der manchmal seine Gedanken und Gefühle unruhig machte.

Oft stand er draußen auf der Brücke, die über den rauschenden Wildbach führte, und blickte hinauf zu den Bergen – mit einer Sehnsucht nach der Freiheit der Gipfel. Tausend Erinnerungen regten sich in ihm – und mit ihnen verknüpft war der Gedanke an die dunkelhaarige Luzie. Solange die kleine Hütte dort oben unter der Kreuzalpspitze stand, würde sie für ihn immer das Sinnbild eines freieren, ungebundenen Lebens im Zauber der Bergwelt sein.

In diesen Augenblicken wollte er wieder der junge, sorglose Falken-Bruno sein, der im Einklang mit den Bergen lebte, der von Gipfel zu Gipfel stürmte oder mit den Lawinen ein Wettrennen ums Leben austrug. Und die lachende, muntere Luzie müsste dabei sein.

Wer hätte einst ahnen können, dass er diesem Mädchen eines Tages fern bleiben würde – dass er einmal zu den Bergen aufsteigen würde, ohne das Kreuzalphaus zu betreten? Aber warum hatte er die Hütte denn nun wirklich seit seiner Heirat immer gemieden? Fürchtete er, dadurch die Wally zu verletzen? Hatte er Angst vor Misstrauen, Eifersucht und Unfrieden in seinem Haus?

»Ich möchte dieser Tage zur Kreuzalphütte«, sagte er an einem Abend zu seiner Frau. »Kommst du mit?«

Sie schaute ihn weder verwundert noch erschrocken an.

»Das wird schlecht gehen – wegen dem Peterle«, antwortete sie. »Warum steigst du nicht allein auf?«

Er konnte ihr nichts sagen von den heimlichen Gedanken, die sein Herz beunruhigten.

Aber sie schien alles in seinen Augen zu lesen. »Geh doch, Bruno! Wer weiß, wie lange die Luzie noch auf der Kreuzalphütte ist. Ihr seid gute Freunde gewesen und Kameraden beim Skifahren und beim Klettern am Fels. Ich weiß nicht, warum ihr beide einander jetzt so sehr aus dem Wege geht. Dafür gibt es gar keinen Grund.«

»Du weißt, ich habe sie geliebt«, sagte er plötzlich.

Sie sah ihn freimütig an.

»Trotzdem könnt ihr euch doch begegnen – oder nicht? Damals ist damals und heute ist heute.«

»Weißt du denn, ob ich sie nicht vielleicht doch auch heute noch liebe?«

Jetzt blieb sie eine Weile still. »Ich kenne dich gut genug, Bruno«, sagte sie dann. »Und ich vertraue dir. Wenn du zur Kreuzalphütte gehen willst, dann sollst du ruhigen Gewissens dort hingehen! Du musst einmal herauskommen aus deiner Arbeit, aus dem täglichen Ärger mit den Menschen und Dingen. Du sollst dich wieder einmal freimachen vom Alltäglichen! Ich kenne die Luzie gut genug, um zu wissen, dass sie nichts von dir erwartet, was du ihr nicht unbesorgt geben kannst. Geh also!«

Aber er ging nicht.

Ein paar Jahre waren nun schon vergangen, seit im Falkenhof ein Nachkomme eingetroffen war. Der kleine Peter sprang jetzt schon im Haus herum, und seine Stimme ertönte in allen Winkeln.

Bruno führte den blondhaarigen, rotbackigen Buben oft an der Hand und ging mit ihm in freien Stunden über die Fluren.

Sie lauschten zusammen auf das Glucksen der Haselhühner, Bruno zeigte ihm das Wild, das von den Wäldern herabkam, oder er wies hinauf zum steinernen Gewänd, wo man mit bloßem Auge ein Rudel Gämsen sehen konnte.

Dann dachte Bruno zuweilen an Luzies Worte, die sie einst zu seiner Ermutigung gesprochen hatte, um seinen Blick in die Zukunft zu lenken – in eine Zeit, da er seinen kleinen Sohn über die blühenden Wiesengründe führen würde.

Ja, diese Zeit war nun da, aber sein Herz war noch nicht zur Ruhe gekommen; immer noch wünschte es über das Glück der Gegenwart hinaus etwas Unnennbares, geheimnisvoll Lockendes. Und wieder glitt sein Blick hinauf zur dunkelbewaldeten Kreuzalpspitze, dem Sinnbild jenes freien Lebens seiner Jugend.

Fest umklammerte er die warme kleine Knabenhand, als müsse er, der große starke Mann, der furchtlos allen Gefahren der Bergwelt trotzte, daran Halt suchen, um sich nicht in uferlose Fantastereien zu verlieren.

Er hatte den Buben auch schon ein paarmal in die Säge mitgenommen und ihm das springende Vollgatter gezeigt. Als sie über die kleine Brücke gingen, da hatte den kleinen Peter gleichsam ein Zauber erfasst. Die wild schäumende Flut des Wassers hatte es ihm angetan; die Gewalt der Natur faszinierte ihn mehr als alles Menschenwerk.

Bruno freute sich über die Naturverbundenheit und Unerschrockenheit des Buben, der alles, was die Natur an elementarer Gewalt und Schönheit zu bieten hatte, ohne Angst, sondern mit Faszination und Begeisterung betrachtete. Er war darin das Ebenbild seines Vaters. Nicht einmal vor dem schwersten Gewitter hatte der Kleine Angst, mit vor Begeisterung flammenden Augen schaute er vom Fenster aus den Blitzen zu und dem Sturm, der die Bäume zur Erde beugte.

»Komm, Peterle, tritt zurück vom Fenster«, mahnte die Mutter.

»Lass ihn doch! Er freut sich an der Kraft der Natur«, sagte der Vater.

Eines Tages sah Bruno vom Fenster der Säge aus den Geyer-Franz auf der Brücke stehen. Dieser hatte sich sogar ein wenig hergerichtet, wenn er auch immer noch verwildert aussah mit seinem sonnengebräunten, bärtigen Gesicht und seiner ungepflegten Kleidung.

Bemerkenswert aber war die Tatsache, dass der Geyer-Franz überhaupt in der Nähe des Dorfes und der Menschen auftauchte.

›Er will mich besuchen‹, dachte Bruno.

Aber der Franz schaute nur sinnend hinab auf das schäumende Wasser, als wäre er auf einem Spaziergang.

Bruno öffnete das Fenster.

»Franz!«, rief er. »Komm herein!«

Der Geyer-Franz wandte sich von der Brücke ab und kam langsam auf die Säge zu.

Bruno erwartete ihn am Tor. »Willst du zu mir?«

Franz antwortete nicht, sondern schaute aufmerksam auf das Vollgatter, das sich mit lautem Getöse durch einen riesigen Baumstamm fraß.

Da nahm ihn Bruno bei der Hand und führte ihn von Maschine zu Maschine. Er zeigte ihm die einzelnen Arbeitsvorgänge, und es war unverkennbar, dass der Geyer-Franz sich mächtig dafür interessierte. Er staunte über alles wie ein Kind.

Freilich hatte er ja kaum jemals etwas gesehen von der Arbeit der Menschen; er kannte nur die Wildnis der Berge, sein altes, verfallenes Haus, das tägliche Füttern und Melken der Ziegen – und vielleicht noch die Arbeit beim Holzschlagen.

»Gefällt es dir?«, fragte Bruno freundlich.

Der Geyer-Franz nickte.

Bruno ging mit ihm hinaus zum Holzplatz, und sie setzten sich auf einen Baumstamm.

»Ich danke dir!«, sagte der Geyer-Franz plötzlich.

»Wofür?«

»Dass du mich damals nicht angezeigt hast!«

»Ach, die Sache hab ich doch schon längst vergessen, Franz! Denk nicht mehr daran.«

»Ich habe dir damals ein Versprechen gegeben, aber ich habe lange Zeit gebraucht, um zu begreifen, wie Recht du damit hattest. Wenn du nicht gekommen wärst, dann wäre ich vielleicht zum Mörder geworden.«

»Weil du immer alles in dich hineinfrisst. Probleme und Sorgen, über die man nicht reden kann, werden oft eher größer als kleiner. Du solltest mehr Vertrauen haben zu den Menschen – denn es gibt ja nicht nur schlechte!«

Der Geyer-Franz nickte ernst und nachdenklich.

»Wenn du Sorgen hast, dann komm einfach zu mir«, sagte Bruno. »Ich werde dir Rat geben, so gut ich kann. Willst du das tun?«

Der Geyer-Franz nickte wieder. Dann seufzte er schwer.

»Man will mir mein Haus wegnehmen«, sagte er.

»Dein Haus? Wer will dir das wegnehmen?«

»Der Jäger-Barthl war bei mir; er wurde vom Jagdherrn geschickt. Man möchte mich weghaben da oben. Sie sagen, dass sie ein Jagdhaus dort hinbauen möchten.«

Der Geyer-Franz schüttelte den Kopf.

»Da steckt nur der kropfige Jäger dahinter! Er behauptet, ich wildere. Neulich hat er mir vorgeworfen, ich hätte seine Gämsen aufgescheucht und in den Staatswald gejagt.«

Der Geyer-Franz lachte, dass ihm die Augen tränten. Und Bruno lachte mit.

»Wenn ich schon einmal gewildert hab, dann ging's vielleicht um einen Fuchs oder sonstiges Raubzeug, vor dem ich meine Tiere schützen musste«, sagte der Franz. »Aber dem Edelwild habe ich nie etwas getan.«

»Sie können dir das Haus aber nicht einfach wegnehmen, Franz – aber du kannst es ihnen verkaufen.«

»Sie haben mir auch Geld angeboten – ziemlich viel Geld sogar!«

»Na also! Dann verkauf ihnen dein Haus doch!«

»Nicht um alles in der Welt!«

Bruno schüttelte sinnend den Kopf.

»Franz, das war falsch!«, sagte er dann. »Dein Haus ist doch fast nur noch eine Ruine und eigentlich nicht mehr viel wert. Wenn man dir tatsächlich Geld dafür bietet, dann verkauf es doch ruhig.«

»Aber wo soll ich dann hingehen?«

»Zu uns ins Dorf sollst du kommen. Du hast viel zu lange als Einsiedler gelebt. Das kannst du doch nicht bis an dein Lebensende weitermachen. Wenn du einmal krank wirst, kann dir keiner helfen, so, wie du dich in der Wildnis vergraben hast. Ich finde, du hast jetzt die beste Gelegenheit, um endlich unter Menschen zu kommen. Eine Arbeit für dich wird sich schon finden ...«

»Eine Arbeit? Aber ich kann doch gar nichts, nur mit meinen Ziegen kenne ich mich aus. Wer will mich denn schon?«, erwiderte der Geyer-Franz zögernd.

»Ich«, sagte Bruno.

»Du?«

»Warum denn nicht? Du kannst mir hier in der Säge helfen. Das ist nicht so schwer, wie du vielleicht glaubst. Wenn ich dir zeige, was du machen musst, hast du das schnell gelernt. Und wir beide werden wieder zusammen ausrücken in die Berge, wenn Alarm gegeben wird ...«

Der Geyer-Franz schwieg.

»Wenn du willst, dann rede ich mit meiner Frau«, fuhr Bruno fort. »Du kannst eine Kammer und ein Bett bei uns bekommen, und dein Essen ...«

Da legte der Franz plötzlich die Hand auf seinen Arm.

»Warum tust du das?«

»Weil ich dich brauche – nicht nur bei der Arbeit, sondern auch für Notfälle in den Bergen. Es stimmt nämlich gar nicht, dass du nichts kannst. Du kannst so gut klettern wie kaum ein anderer, und dadurch hast du damals mit mir zusammen zwei Menschenleben gerettet!«

»Trotzdem – das ist nicht der Grund, warum du mir einen Platz zum Leben anbietest. Das tust du, weil du ein guter Mensch bist. Ja, ich will zu dir kommen.«

Bruno streckte ihm die Hand hin, und der Geyer-Franz schlug ein.

»Ich werde selbst noch einmal mit dem Jäger-Barthl sprechen«, sagte Bruno. »Sie sollen dir dein Haus gut bezahlen, dafür werde ich sorgen!«

Es dämmerte. Der Geyer-Franz war gerade fortgegangen. Bruno stand am Fenster und schaute hinaus in den Abend. Er dachte über den menschenscheuen Sonderling nach. Er hatte es erlebt, mit welcher Kraft und Geschicklichkeit der Geyer-Franz im Fels kletterte – damals als sie zusammen die jungen Bergsteiger bei wütendem Schneesturm aus der Rinne geholt hatten. Und er dachte an dessen fixe Idee, den Tod seines Vaters rächen zu müssen, wie er es seiner Mutter vor deren Tod geschworen hatte, die um ein Haar zu einem Unglück geführt hätte.

Bruno war sicher, dass die jahrelange Einsamkeit daran schuld gewesen war, dass sich der Franz in einen solchen Wahnsinn hineingesteigert hatte. Wer niemanden hatte, mit dem er reden konnte, dem konnte auch niemand einen dummen und gefährlichen Gedanken wieder ausreden.

Das Gefühl, dem Geyer-Franz helfen zu können, erfüllte Bruno mit tiefer Befriedigung. Denn dieser Mann war nicht verrückt oder bösartig. Die Menschen im Dorf waren mitschuldig an seinem Schicksal, weil sie ihn ausgestoßen hatten. Wer hatte sich denn darum gekümmert, was aus dem Kind des erschossenen Wilderers wurde, als er mit seiner vor Kummer und Zorn schier durchdrehenden Mutter alleine in der Wildnis hauste? Niemals hätte man zulassen dürfen, dass sie ihm ihre Rachegedanken ins Herz pflanzte und ihn dazu verpflichtete, diese auch nach ihrem Tod weiterzuverfolgen.

Gleich heute Abend wollte er mit der Wally über seine Pläne mit dem Geyer-Franz reden. Sie würde ihm gewiss zustimmen, denn sie war ein gutherziger Mensch und immer bereit, anderen zu helfen.

Plötzlich schrak er aus seinen Gedanken auf, denn drüben auf der Brücke hatte er eine schattenhafte Bewegung gesehen, ohne genau zu erkennen, was es war.

Er sah genauer hin. Ja – auf der Brücke kniete jemand, ein Kind, und beugte sich zu dem wild schäumenden Wasser hinab. Es war Peter!

»Peter!«, schrie Bruno. Das Blut wich ihm aus dem Gesicht.

Wo kam der Junge auf einmal her? Wieso war niemand bei ihm? War er von zu Hause davongelaufen?

Der Bub kannte den Weg zur Säge. Er hatte das Wasser nicht mehr vergessen, das ihn so fasziniert hatte. Und er war noch viel zu klein, um zu begreifen, in welche Gefahr er sich begab.

»Peter!«

Bruno rannte zum Tor hinaus und lief zur Brücke. Doch das Kind war nicht mehr da. Es war spurlos verschwunden.

»Peter! Peter!«, schrie Bruno.

Eine furchtbare Angst ergriff ihn. Wo war das Kind? War es fortgerissen worden von der Flut?

Er ließ die Schleuse herab. Die Flut warf sich zischend empor und nahm ihren Weg in den Abfluss. Und in diesem Augenblick hörte er eine Männerstimme laut schreien:

»Bruno! Hilfe!«

An die Mauer der Säge gedrückt, hinter dem rollenden Schaufelrad, bis zur Brust im Wasser stand ein Mann, und er hielt mit beiden Armen ein Kind empor.

Bruno rannte hin und erkannte den Geyer-Franz. Mit seinen starken Armen hielt er den kleinen Peter in die Höhe. Aber offenbar ließen seine Kräfte nach; das Wasser drückte ihn gegen die Mauer.

»Franz! Bei allen Heiligen!«

Bruno sprang in die Flut, die jetzt langsam in ihrem Ansturm nachließ, da die Schleuse geschlossen worden war.

Er nahm das Kind an sich und half auch dem Geyer-Franz aus dem Wasser heraus; der schüttelte sich und sank dann erschöpft nieder.

»Franz!«, rief Bruno außer sich. »Was ist denn geschehen?«

Der Geyer-Franz keuchte, und stoßweise brachte er hervor, dass er droben am Weidach gestanden sei und gesehen habe, wie ein kleiner Junge zur Brücke gelaufen sei. Er habe Angst bekommen, denn vor vielen Jahren, als er selbst noch ein Kind war, sei einmal ein kleines Mädchen tot aus dem Wasser des Wildbachs gezogen worden, und das habe er niemals mehr vergessen können. So habe er den Kleinen vom Wasser wegbringen wollen und sei deshalb zu ihm hingelaufen. Doch kurz bevor er ihn erreicht hatte, war der Junge hineingefallen. Da habe er nicht lange überlegt, sondern war ihm nachgesprungen.

»Ohne dich wäre er jetzt tot, Franz! Mein kleiner Bub, mein Peterle!«

Der Geyer-Franz wies auf das zitternde, fröstelnde Kind. »Der Peter friert!«

Bruno zog seine Joppe aus und wickelte den Jungen ein; dann drückte er ihn fest an sich.

Der Geyer-Franz stand auf.

»Du musst ihn gleich ins Bett bringen, damit er nicht krank wird.«

»Er lebt, Franz! Das hab ich dir zu verdanken!«

Dann eilte er mit dem Kind heim.

Am gleichen Abend noch besprachen er und Wally, wie es mit dem Geyer-Franz weitergehen sollte, und am nächsten Morgen suchte er den Jäger-Barthl auf und führte ein langes, ernstes Gespräch unter vier Augen mit ihm.

Wenige Tage später war der Handel abgeschlossen. Der Geyer-Franz trieb seine Ziegen dem Tal zu. Auf dem einen Arm trug er ein neugeborenes Kitz, auf dem anderen seine geringe Habe an Wäsche und Kleidung. Nur Weniges würde er sonst aus seinem alten, halb zerfallenen Haus mitnehmen, denn die alten Möbel waren in keinem besseren Zustand als das Haus selbst.

Der Abschied von seinem Heim am Berg fiel ihm offenbar schwer; er trug den Kopf tief gesenkt. Aber der Falken-Bruno hatte ihm gesagt, dass er ihn brauche. Diesem Ruf musste er folgen.

Das war Wallys Idee gewesen, dass Bruno dem Franz nicht sagen sollte, er solle zu seinem eigenen Besten sein altes Haus verlassen, sondern Bruno sollte stattdessen den Gedanken in ihm bestärken, dass er ihn dringend in der Säge brauche, weil er alleine die ganze Arbeit nicht mehr schaffen könne.

Und gelogen war das ja auch nicht! Bruno arbeitete immer noch viel zu viel. Es konnte nicht schaden, wenn gerade in der Säge, die bisher so enorm viel von seiner Zeit in Anspruch genommen hatte, ein Angestellter die Hauptarbeit übernehmen konnte. Wally war sehr zufrieden mit der Lösung, die sich hier so unerwartet angeboten hatte. Sie würde in der Tat auch für den Hof ein Segen sein.

11

Am wenigsten kümmerte sich der kleine Peter um das verwilderte Aussehen des neuen Hausgenossen. Er fasste gleich Vertrauen zu ihm. Mit Freude nahm er das neugeborene Kitz an sich, das ihm der Geyer-Franz schenkte. Nach wenigen Tagen schon waren der Geyer-Franz und der kleine Peter die besten Freunde.

Einmal durfte der Junge mit dem neuen Freund zur Kreuzalphütte gehen. Sie waren den ganzen Tag fort, und als sie am Abend zurückkamen, da wusste Peter eine Menge zu erzählen – von Gämsen und Hirschen, die sie gesehen hatten, von Wäldern und Schluchten und wilden Wasserfällen. In der Kreuzalphütte habe man ihm viele gute Dinge zu essen gegeben, sagte er, und eine lustige, dunkelhaarige junge Frau habe ihn auf den Schoß genommen, ihm ein paar Lieder vorgesungen und ihm zum Abschied einen Kuss gegeben.

Bruno spürte, wie ihn Wally dabei ansah, aber er wagte es nicht, ihrem Blick zu begegnen. Er fürchtete, sie könnte durch seine Augen bis in die Tiefe seiner Seele schauen, und dann müsste sie erkennen, dass dort immer noch ein Funken glomm, der eines Tages plötzlich aufflammen könnte.

Dann kam der Winter mit tiefem Schnee, mit scharfer Kälte, mit Raufrost und Stürmen.

Bruno stieg nun auf Skiern in die Wälder empor. Holz wurde geschlagen, das auf Schlitten zum Hof gebracht wurde. In den Wochen der strengen Kälte wurde die Säge abgestellt. Eingehüllt in Schnee und Eis lag sie jetzt wie ein Märchengebilde am geknebelten Wildbach.

Weihnachten wurde gefeiert, und die Raunächte kamen. Mit behaglichem Gruseln lauschte man an den Abenden auf das Heulen des Sturmes draußen und auf das Ächzen des Gebälks im Haus. Man erzählte Geschichten und Sagen, die zu solchen Stunden passten – Spuk- und Gespenstergeschichten, an die die Vorfahren noch wirklich geglaubt hatten.

Von den Wäldern herab hörte man das Bellen der Füchse. Manchmal wurde ein Büschel Heu ausgelegt. Dann pirschten sich die Hirsche heran – prächtige Tiere mit mächtigen Geweihen. Der Hunger trieb sie bis an die Wohnstätten der Menschen.

Abwechselnd gingen Bruno und der Franz über die Stiege zum Söllerfenster hinauf, um zu sehen, ob nicht ein Notsignal irgendwo aufleuchtete und die Menschen aus dem Tal zu Hilfe rief, wenn dort oben der Bergtod drohte. In diesem Winter jedoch schienen die Menschen dem Unheil auszuweichen.

»Hol mich, wenn was los ist!«, sagte Bruno zum Geyer-Franz, wenn er nach Einbruch der Dunkelheit noch ins Dorf musste, um an einer Gemeinderatssitzung teilzunehmen.

Dann schlich er noch hinauf in die Kammer, küsste sein Kind auf die Stirn, das in seinem Bett eingeschlafen war, und rief seiner Wally ein liebes Wort zu, ehe er in die Nacht hinausfuhr.

Dann kam der Föhn. Er schüttelte an den Bäumen und schlug die Eiszapfen von den Dachrinnen. Die Wälder verloren ihre weiße, kalte Winterbedeckung und wurden wieder schwarz. Überall gluckste das Wasser.

Manchmal erbebte das Haus im fernen Donner einer niedergehenden Lawine. Dann streckte der Falkenhofer seine kräftige Gestalt.

»Hörst du's, Wally? Das ist der neue Frühling!«, rief er lachend. »Morgen werden wir die Säge wieder anlaufen lassen.«

Am Abend wurde der kleine Peter ins Bett gebracht. Bruno erledigte seine schriftlichen Arbeiten. Wally saß mit der alten Paula auf der Ofenbank. Sie strickten um die Wette, und manchmal war nichts in der Stube zu hören als das Klappern ihrer Nadeln.

Aber draußen wütete der Föhn. Aus weiten Fernen tönte das Donnern der Lawinen.

Bruno stand gelegentlich auf, ging zum Söllerfenster hinauf und kam nach einer Weile zurück.

»Es ist nichts«, sagte er.

»Gott sei Dank«, erwiderte die Paula.

Dann war es wieder still.

Am Fenster sprang das Eis, und das klang so laut in die Stille, dass alle drei hinschauten.

»Regnet es?«, fragte Wally.

»Nein. Am Himmel sind die Sterne. Aber der Wind ist lau«, antwortete Bruno und schrieb weiter.

Dann hörten sie vor dem Haus ein Geräusch, als wäre ein Schlitten vorgefahren. Es konnte auch ein Mensch auf Skiern gewesen sein.

»Wer mag das sein?«, rätselte die alte Paula.

Sie lauschten alle drei gespannt.

Dann wurde draußen an die Tür geklopft. Paula stand auf.

»Ich geh schon, Paula!«, sagte Bruno.

»Bleib nur hier«, antwortete sie und drehte sich zur Türe.

Paula ging hinaus und schob den Riegel zurück. Als die Tür aufging, gab es eine große Überraschung. Eine Frauengestalt in Skikleidung kam herein. Ein Wollschal ließ gerade noch ihren Mund frei. Das Gesicht war vom Wind gerötet.

Bruno und Wally sprangen zugleich auf.

»Luzie!«, rief Wally bestürzt.

»Luzie!«, sagte auch Bruno.

Hinter ihr erschien die Paula; auch in ihrem Gesicht spiegelte sich fassungsloses Erstaunen.

»Was ist?«, fragte Wally und trat näher.

»Es ist etwas geschehen ...«

»Du willst mich holen?«, fragte Bruno.

Luzie nickte.

»Und da steigst du ins Tal herunter? Warum gebt ihr kein Lichtzeichen? Wir haben immer darauf gewartet.«

»Es ging nicht.«

Bruno schüttelte verständnislos den Kopf.

»Über dem Hochmoor ist eine Lawine niedergegangen«, erzählte sie. »Durch einen Zufall hat Richard mitbekommen, dass dabei ein Mann verschüttet worden ist. Der Jäger-Barthl hatte ihn kurz vorher aus der Ferne beobachtet. Sie sind dann beide hingegangen, der Barthl und der Richard. Sie haben nach ihm gegraben und ihn schließlich gefunden.«

»Und jetzt?«, fragte Bruno. »Warum kommst ausgerechnet du bei einem solchen Wetter ins Tal? Warum tut das nicht der Richard, Luzie?«

»Er kann nicht. Der Mann liegt im Kreuzalphaus.«

»Tot?«

»Nein, er lebt – aber du musst unbedingt kommen, Bruno! Es ist sehr wichtig!«

Bruno kam das alles sehr geheimnisvoll vor. Ein fremder Mann lag im Kreuzalphaus und verlangte nach ihm. Richard ließ seine Schwester bei diesem Wetter zu Tal fahren. Er selbst konnte es nicht tun. Warum nicht?

»Brauchen wir Medikamente, Luzie? Muss ich irgendwas mitnehmen?«, fragte er.

»Nein. Ich habe alles schon besorgt.«

»Dann geh in Gottes Namen, Bruno!«, sagte die Wally.

Bruno verließ die Stube, um sich fertig zu machen. Paula folgte ihm; sie wollte ihm helfen, die Sachen zusammenzusuchen.

Die beiden Frauen blieben allein in der Stube.

»Luzie!«, sagte Wally und ergriff ihre Hände.

Dann flüsterten die beiden miteinander, und ein Ausdruck des Erstaunens erschien in Wallys Gesicht. Luzie reichte der Bäuerin einen Brief, den Wally sorgsam in ihrer Kleidung verbarg.

Dann schauten sie sich lange in die Augen.

»Es tut mir Leid, dass alles so kommen musste«, sagte Wally schließlich.

Ehe Luzie etwas antworten konnte, erklangen die schweren Schritte Brunos vor der Tür, und sie mussten sich trennen.

Ganz kurz streifte Brunos Blick die Gesichter der beiden Frauen.

»Ich bin fertig, Luzie!«, sagte er. Dann reichte er Wally die Hand. »Ich hoffe, ich bin bald wieder zurück. Aber warte nicht auf mich.«

Wally ging mit bis vor die Tür und schaute den beiden nach, die rasch in der Nacht untertauchten.

Der Sturm wehte fauchend um das Haus. Ein paar zerrissene Föhnwolken jagten über den Himmel. In den Sturmpausen hörte man in der Ferne das Rauschen der Wildgewässer.

Bruno spurte voran. Der Schnee war feucht; stellenweise trat Bruno auf Grundeis.

Luzie folgte dicht hinter ihm.

»Warum bist du ins Tal gekommen, Luzie?«, fragte er nochmals.

»Weil es sein musste!«

»Wer ist der Mann, der bei euch liegt?«

Luzie zögerte und schaute zurück.

»Ein Fremder?«

»Ja – ein Fremder.«

»Warum hast du gezögert mit der Antwort?«

»Ich habe nicht gezögert, Bruno!«

Sie stiegen wieder eine Weile schweigend weiter. Der Sturm traf sie manchmal mit solcher Gewalt, dass sie sich dagegen stemmen mussten. Es rauschte und jaulte in den Tannen, als brause die wilde Jagd vorüber.

»Was soll ich denn bei dem fremden Mann, Luzie? Ich bin doch kein Arzt!«

»Trotzdem kannst du ihm helfen – du allein! Er braucht keinen Arzt, aber er braucht dich.«

Das verstand er nicht.

»Ich könnte es schon begreifen, wenn er tot wäre und ins Tal geschafft werden sollte. Aber er lebt ja, sagst du.«

»Er lebt, aber er wird einige Tage das Bett hüten müssen. Es hat ihn ganz schön erwischt.«

Unwillig darüber, dass sie seiner eigentlichen Frage auswich, stieg Bruno weiter.

Sie kamen an der Klamm vorbei. Laut rauschte das Wasser in die Tiefe.

»Dass du den Geyer-Franz zu dir genommen hast, das war ein gutes Werk von dir, Bruno!«, rief Luzie laut, um das Getöse in der Klamm zu übertönen.

»Er hat mein Kind gerettet. Weißt du das?«, fragte Bruno sie.

»Ich hab es gehört. Das Unheil lauert überall; man kann sich nicht genug vorsehen.«

Da blieb er stehen und kam auf sie zu.

»Ich hab mich so oft versündigt, Luzie. Das weißt du nicht! Ich bin nicht in die Kreuzalphütte gekommen – aber in Gedanken war ich oft bei dir! Du weißt, ich hab dich geliebt, Luzie – und ich liebe dich immer noch!«

»Bruno!«

Er hörte jetzt nicht auf sie.

»Ich wollte einst mit dir über die Berge herrschen – von Gipfel zu Gipfel stürmen ...«

Sie trat dicht an ihn heran und sagte eindringlich:

»Du hast die beste Frau, die ein Mann sich nur wünschen kann, Bruno! Der Falkenhof ist dein. Und du hast deinen Buben; er wird in ein paar Jahren mit seinem Vater jeden Gipfel erstürmen ... ein junger Falke, so wie du selbst einer gewesen bist.«

»Luzie, sag mir nur eines – hast du mich damals geliebt?«

Sie schwieg.

»Warum antwortest du nicht?«

»Wozu soll das gut sein? Bruno, bitte – lass die Vergangenheit ruhen!«

Er wandte sich ab, und sie stiegen weiter; jetzt sprachen sie nicht mehr.

Erst als das Licht aus der Kreuzalphütte sichtbar wurde, stöhnte Luzie erschöpft auf.

Er wandte sich erschrocken um. Jetzt erst kam es ihm zum Bewusstsein, dass er tief in seine Gedanken versunken blindlings und rücksichtslos vorwärts gestürmt war.

Luzie atmete keuchend; ihr Gesicht war schweißüberströmt.

»Es geht schon!«, sagte sie mühsam lächelnd.

»Nein, wir wollen warten!«

Er schaute nach einer Felsbank oder einem Baumstamm aus, worauf sie sich setzen könnte – aber er sah keinen.

Da ging er hin und stützte sie.

»Verzeih mir!«, bat er.

»Wir sind nun gleich da – und, Bruno, jetzt will ich es dir sagen: Der Fremde, der in unserem Haus liegt ...«, sie zögerte, »es ist ... dein Bruder!«

Jetzt veränderte sich sein Gesicht; finster schaute er sie eine Weile an.

»Luzie, wie konntest du ...«

»Deshalb bin ich selbst ins Tal gekommen, um dich zu holen. Verstehst du es jetzt?«

»Ich will ihn nicht sehen!«, murmelte er düster.

»Bruno!«

»Lass mich! Wie soll ich ihm verzeihen, was er mir angetan hat? Mir und dir! Was habe ich jetzt noch mit ihm zu schaffen?«

»Er ist dein Bruder, Bruno! Und er braucht dich, und zwar jetzt!«

Nun schaute er auf, und ihre Blicke begegneten sich.

»Du bist stark, Bruno. Und ist es nicht, trotz allem, zum Guten ausgeschlagen, was er dir damals angetan hat? Wünschst du dir wirklich, dass der Falkenhof immer noch deinem Bruder und nicht dir selbst gehören möge? Wünschst du dir, dein Sohn wäre nie geboren worden?«

Er sagte immer noch nichts; in seinem Inneren kämpften zwei widerstreitende Kräfte gegeneinander.

»Die Menschen reden so viel von Liebe«, fuhr Luzie fort. »Und doch ist die Welt voll Leid. Die Menschen denken zu sehr an ihr eigenes Wohlergehen – und sie hätscheln ihren Stolz und wollen so selten freimütig verzeihen!«

Er schaute sie verwundert an. »So große Worte für meinen Bruder, der doch nie danach gefragt hat, was seine Handlungen für andere bedeuten? Was bringt dich dazu, seine Fürsprecherin zu werden?«

»Du selbst, Bruno!«

»Ich?«

»Du hast nie danach gefragt, warum du dein Leben für andere Menschen eingesetzt hast. Du hast keinem gegrollt, der aus Dummheit oder Leichtsinn dem Bergtod in die Hände lief. Nie hast du gesagt: Der ist selbst schuld, soll er sich selbst helfen. Du hast jeden immer nur zu retten versucht ...«

Er winkte ab, doch er war spürbar beeindruckt von den ernsten Worten der jungen Frau.

»Was soll ich denn tun, Luzie?«, fragte er schließlich.

»Du sollst deinem Bruder verzeihen. Du sollst ihn anhören, und du sollst ihm Rat und Hilfe nicht versagen. So, und jetzt komm!«

Sie stiegen zur Hütte hinauf. An der Tür stand Richard und erwartete sie. Schweigend gingen sie in die Stube.

»Er hat eine Weile geschlafen«, sagte Richard. »Aber jetzt ist er wach. Vorhin hat er gefragt, wo er sei. Er war bewusstlos, als wir ihn herbrachten«, erzählte er Bruno, der ihm schweigend zuhörte.

»Bitte, geh jetzt zu ihm! Er liegt in der hinteren Kammer«, sagte Richard.

Bruno ging hinaus und stieg die enge Treppe hinauf, ging langsam von Tür zu Tür und trat dann in die hintere Kammer. Darin war nichts als ein einfaches Bett, wie es Bergwanderer zum Übernachten brauchen.

Die Decke bis über die Schultern heraufgezogen, lag Schorsch mit verstörtem Gesicht da.

»Bruno!«

Die beiden Brüder sahen sich stumm an.

Nach einer Weile stellte Bruno das Licht auf ein Wandbrett und trat zu dem Lager.

»Du hattest großes Glück«, sagte er dann. »Man geht bei Föhn nicht in die Berge.«

Schorsch schwieg; er atmete heftig.

»Fühlst du dich krank?«, fragte Bruno.

»Nein.«

»Hast du Fieber?«

»Nein.«

Beide schwiegen eine Weile.

»Was willst du hier in unseren Bergen?«, fragte dann Bruno.

Schorsch schwieg eine Weile. Dann begann er, langsam und zögernd: »Es hat mich gepackt wie ein Rausch, als der Föhn kam. Mit dem Föhn stellt sich der Frühling ein. Und dann kommt bald der Sommer, wo man den Dengelstock klingen hört, wenn man des Abends durch die Dörfer geht, wo die Weiden dampfen und die Erde duftet. Ich konnte es einfach nicht mehr ertragen – dieses Leben!«, rief er heiser.

Bruno schwieg. Er sah den seltsamen Glanz in den Augen des Bruders und die verzerrten Züge.

»Hast du Schmerzen?«, fragte er.

»Nein.«

»Was fehlt dir?«

»Heimweh habe ich!«, brach es da aus Schorsch heraus. »Hundertmal habe ich schon bereut, dass ich mich darauf eingelassen habe, den Hof zu verkaufen. Es war ein Fehler, und den kann ich nie wieder gutmachen.«

Er berichtete kurz, wie es ihm ergangen war, nachdem er mit seiner Frau zum Schwiegervater gezogen war.

Den Verkaufserlös für den Hof hatte er diesem in das Geschäft mit eingebracht, dafür war er zu seinem Teilhaber gemacht worden. Doch schon nach wenigen Wochen musste er feststellen, dass er dem Viehhandel einfach keine Freude abgewinnen konnte.

Nein, er war kein geborener Händler, der ehemalige Falkenhofbauer, das war ihm selbst schnell genug klar geworden. Dazu kam, dass er seinem Schwiegervater Rechenschaft schuldig war und dieser nicht mit Kritik sparte, wenn er einen Grund dafür zu erkennen glaubte.

Henriette dagegen war im väterlichen Haus zunächst restlos glücklich gewesen und hatte sich immer auf die Seite ihres Mannes gestellt, wenn von ihrem Vater Vorwürfe kamen, dass dieser bei einem Geschäft viel mehr Geld hätte herausschlagen können, wenn er etwas geschickter vorgegangen wäre.

Doch der Herr im Haus, in dem er lebte, und ebenfalls im gemeinsamen Handelsgeschäft war und blieb sein Schwiegervater, und nach dessen Pfeife hatte er zu tanzen. Im Laufe der Zeit begann auch sie damit, ihn insgeheim als Versager zu betrachten. Inzwischen waren die Verhältnisse nicht mehr auszuhalten ...

»Du hast deine Frau verlassen?«

Schorsch schwieg; er wich dem Blick des Bruders aus.

»Rede doch!«

»Ja, ich will nicht mehr zurück. Ich bin vor ein paar Tagen einfach losgelaufen – es hat mich mit aller Gewalt gepackt, ganz plötzlich, als der Föhn losbrach. Direkt aus dem Ostrachtal bin ich aufgestiegen und über die Höhen herübergewandert. Zweimal musstc ich in einer Hütte übernachten – und dann war ich da. Zunächst wollte ich nur einmal hinabschauen ins Tal, auf das Dorf – und auf den Falkenhof. Aber viel lieber wäre es mir, ich könnte heimkommen.«

»Schorsch – du fantasierst!«

»Ich weiß schon, dass du jetzt Falkenhofer bist. Ich war ein Idiot, und du hast von Anfang an Recht gehabt. Da ich nicht mehr Bauer sein kann, werde ich mich vielleicht anstellen lassen, irgendwo bei einem Bauern, damit ich die Arbeit tun kann, die mich zufrieden macht. Ich bin einfach nicht zum Händler geschaffen!«

»Weiß deine Frau, wo du bist?«

»Ich habe ihr nichts gesagt, aber sie ahnt es wahrscheinlich.«

»Was wirst du tun?«

»Ich weiß es nicht. Hilf mir, Bruno!«

Bruno schwieg und dachte nach. Endlich begann er zu sprechen:

»Wir sind beide Falkenhofer und stammen aus einem Geschlecht, wo das gegebene Wort geachtet wird! Du kannst deine Frau nicht einfach sitzen lassen. Kehr zurück zu ihr!«

»Bruno!«

»Ich bin noch nicht fertig, Schorsch ... Hör mich an! Dein Schwiegervater hat dich als Teilhaber aufgenommen, aber er muss dir deinen Anteil auch wieder auszahlen, wenn du es verlangst. Du kannst von dem Geld irgendwo ein kleines Bauernanwesen kaufen, sobald du eines gefunden hast, das dir passend erscheint. Sprich mit deiner Frau darüber! Sie wird schon begriffen haben, dass du genausowenig in ihr Vaterhaus passt, wie sie selbst auf den Falkenhof gepasst hat. Du hast dich selbst unglücklich gemacht bei dem Versuch, sie glücklich zu machen. Wenn noch ein Funken Liebe in ihr ist, dann wird sie bereit sein, mit dir gemeinsam einen Weg zu suchen, der für euch beide gut und richtig ist.«

Jetzt begann Schorsch zu grübeln.

»Ich werde dir in allem helfen, Schorsch, nur zeig mir, dass du ein Falkenhofer bist!«

Schorsch griff nach der Hand des Bruders. »Dass du mir Hilfe anbietest, hätte ich nicht zu hoffen gewagt! Ich habe dir doch so viel angetan.«

»Mach es einfach wieder gut, Schorsch!«

Es wurde still in der Kammer. Manchmal klirrte das Fenster, wenn ein Windstoß dagegenfuhr. Im Gebälk der Hütte ächzte es.

»Nun?«, fragte Bruno.

Schorsch streckte ihm die Hand hin. »Ich will es tun!«

»Wann wirst du nach Hause gehen?«

»Morgen.«

»Ich werde Richard bitten, dass er dich ins Tal begleitet.«

»Ich danke dir, Bruno, dass du gekommen bist!«

»Man hat mich geholt.«

»Wer hat dich geholt?«

»Ein Engel ...«

»Luzie!«, rief Schorsch.

Bruno atmete schwer auf.

Schorsch schaute ihn lange an, und er begriff.

»Verzeih mir, Bruno!«

»Ich hab dir verziehen. Und jetzt – behüt dich Gott, Schorsch. Ich muss heim!«

Bruno griff nach dem Licht und verließ die Kammer. Auf der Stiege kam ihm Richard entgegen; er hatte für seinen Patienten einen heißen Grog gebraut.

»Wir werden ihn bis morgen schon gesund kriegen«, sagte er.

Bruno beugte sich vor.

»Es ist alles gut«, flüsterte er. »Bring ihn morgen ins Tal, Richard. Er muss heim!«

Richard nickte und ging weiter.

»Gute Nacht, Luzie!«, rief Bruno in die Stube, indem er die Tür nur einen Spalt öffnete.

Aber das Mädchen kam schnell heraus. »Du gehst schon?«

»Ich muss heim, Luzie!«

»Willst du nicht wenigstens ein Glas Grog trinken?«

»Nein. Es wird mir sonst zu spät.«

Sie ging mit ihm noch vor die Tür der Hütte.

»Es ist heut fast so ein Wetter wie damals, als du mich vor der Lawine gerettet hast«, sagte sie. »Weißt du es noch?«

»Ich weiß es noch sehr gut«, antwortete Bruno.

»Grüß deine Frau von mir, Bruno«, sagte sie. »Und pass gut auf deinen Peter auf. Er ist auch schon ein ungestümer Bursche.«

»Wie sein Vater.«

Sie gaben sich die Hand.

Als er dann fortging, wandte er sich noch einmal um und sah Luzie in der Lichthelle der offenen Tür stehen.

»Ich komme bald einmal wieder!«, rief er.

Er sah nur, wie sie ihm zunickte. Vielleicht hatte sie auch etwas gerufen, aber das hatte die Sturmböe verweht, die über die Höhe fuhr und die Wettertannen erbeben ließ.

Bruno ahnte nicht, dass er Luzie zum letzten Mal gesehen hatte. Vielleicht hätte er sonst noch einmal zurückgeblickt auf ihre Gestalt in der Tür, um sich die Erinnerung an sie noch stärker einzuprägen.

12

Wer den Geyer-Franz früher gekannt hatte, der konnte sich nicht genug darüber wundern, was für eine Veränderung in ihm vorgegangen war. Schon rein äußerlich war dies erkennbar; er war nun immer ordentlich gekleidet und rasiert. Das war vor allem der Falkenhoferin zu danken, die mit ihm einen ganzen Tag lang in der Stadt alles Notwendige eingekauft hatte.

Aber auch sein verschlossenes Wesen änderte sich zusehends, er wurde lebhaft und gesprächig. Bei der Arbeit in der Säge zeigte er sich gewandt und tüchtig. Meist arbeiteten sie dort zu zweit, doch auch alleine kam Franz problemlos zurecht, so dass Bruno ihm die Säge alleine überlassen konnte, wenn andere Pflichten anstanden.

Zu den Brotzeiten kam jeweils die Bäuerin persönlich herüber zur Säge und brachte den Männern Essen und Bier. Die Paula konnte das nicht mehr tun, denn sie war in letzter Zeit nicht mehr so gut zu Fuß.

Dann rief Bruno den Franz in die Stube, wo sie dann gemeinsam herzhaft zulangten.

Und da geschah es einmal, dass unten der Jäger-Barthl zum Tor hereinpolterte.

»Was gibt's denn, Barthl?«, rief Bruno hinab. »Komm herauf! Trink eine Flasche Bier mit!«

Das ließ sich der Jäger nicht zweimal sagen. Er klomm die schmale Stiege hinauf.

»Guten Appetit!«, sagte er. »Da komm ich ja gerade recht!«

Bruno reichte ihm eine Flasche Bier. Der Barthl wischte sich mit dem Handrücken über den Bart und setzte zu einem kräftigen Schluck an. Dabei schaukelte sein Kropf auf und ab, dass es einem angst und bange werden konnte.

»Dass du dich nur nicht an deinem Kropf verschluckst!«, sagte der Geyer-Franz scherzend.

Der Barthl ließ sich in seinem Genuss nicht stören. Dann setzte er seine Flasche ab und richtete den Blick auf den Geyer-Franz.

»Da schau her, was für Sprüche der Kerl heute macht! Pass lieber du selbst auf, dass du den Mund nicht zu voll nimmst und dich an deinem Essen verschluckst!«

Bruno lachte vergnügt. »Was bringst du uns denn für Neuigkeiten?«

»Nichts Besonderes. Vielleicht interessiert es euch, dass morgen die Handwerker kommen und die verlauste Burg da oben abbrechen.«

»Das Haus von Franz?«

»Haus ist gut gesagt! Wanzenburg – das wäre treffender! Ich möchte nicht wissen, was da an Viehzeug zutage kommt! Denn es steht wohl fest, dass der Franz nicht nur Ziegen in seiner verlotterten Hütte beherbergt hat!«

Durch das Lachen, mit dem der Barthl seine Worte begleitete, verriet er, dass er durchaus nicht die Absicht hatte, den Geyer-Franz zu beleidigen; es sollte nur ein derber Scherz sein und eine Heimzahlung für die anzügliche Bemerkung über den Kropf.

Der Geyer-Franz nahm es auch nicht tragisch. Belustigt betrachtete er die biedere Gestalt des

Jägers und konterte ohne Zögern: »Ich vermute, in deinem Bart treibt sich aber auch allerhand Getier herum!«

Bruno lachte. Er freute sich, dass der Geyer-Franz offenbar alle Menschenscheu verloren hatte und so schlagfertig Barthls Sticheleien parierte.

Aber es kam dann noch dicker.

»Seit du da droben weg bist, ist kein Schuss mehr in der Gegend um dein Haus herum gefallen«, sagte der Jäger-Barthl und nahm wieder einen mächtigen Schluck aus der Flasche.

Jetzt schaute der Geyer-Franz spitzbübisch von unten her auf den Jäger.

»Wie meinst du das?«

»Du verdammter Gauner! Ich möchte nicht wissen, wie oft du gewildert hast.«

»Ich habe bloß abgeschossen, was dich nicht interessiert hat – das Raubwild, vor dem ich meine Ziegen schützen musste. Wenn du mir deshalb nachspioniert hast, dann hast du wenig Nutzen davon gehabt.«

»Und was war mit dem Wild, das du vor der Treibjagd in den Staatswald getrieben hast? He?«

»Dann musst du dir sehr schnell eine Brille anschaffen, wenn du einen Geißbock nicht mehr von einem Gamsbock unterscheiden kannst!«

Bruno hörte lachend zu.

Der Jäger schüttelte den Kopf und gab sich geschlagen. »Du hast dich gut herausgemacht, das muss ich schon sagen!«

»Der Franz ist schon in Ordnung, Barthl«, sagte Bruno.

»So? Nun, ich bin ja auch froh, dass sich alles so gut eingerenkt hat. Wir haben uns früher schon vertragen und werden uns auch jetzt nicht beißen, oder, Franz? Also Prost!«

Lachend stießen sie miteinander an und leerten ihre Flaschen.

Es war wieder Zeit, an die Arbeit zu gehen. Franz ging als Erster hinab und ließ das Werk anlaufen.

»Im Kreuzalphaus ist letzthin das Bier ausgegangen«, erzählte der Jäger dem Falkenhofer. »Seit ich denken kann, ist so was noch nie vorgekommen.«

»Vielleicht war der Weg zu schlecht, um es hinaufzuschaffen, oder es ist übersehen worden.«

»Das glaube ich aber nicht!«

»Was dann?«

»Ich weiß nicht, es kommt mir alles so merkwürdig dort oben vor – als wäre es der Anfang vom Ende.«

»Was meinst du damit?«

»Vielleicht hören die beiden auf, schließen die Hütte und machen sich in einer Nacht- und Nebelaktion auf und davon?«

Da musste Bruno lachen.

»Das kann ich mir überhaupt nicht vorstellen, Barthl. Du siehst Gespenster.«

Der Barthl zuckte die Achseln.

»Von mir aus! – Vergelt's Gott für die Einladung, Bruno! Vielleicht sehen wir uns bald wieder einmal droben?«

»Sobald der Weg abgeräumt ist.«

Der Jäger-Barthl ging davon, und Bruno kehrte an die Arbeit zurück. Er kam jedoch nicht mehr zur Ruhe mit seinen Gedanken. Die Bemerkung Barthls über das Kreuzalphaus hatte ihn doch ein wenig nachdenklich gestimmt, obwohl er sie immer noch für blanken Unsinn hielt. Er beschloss, an dem nächsten freien Tag zur Kreuzalpspitze aufzusteigen und selbst nach dem Rechten zu sehen.

Doch er kam dann lange Zeit nicht dazu. Immer wieder hielt ihn daheim etwas fest. An den Südwänden der Berge fingen die Wiesen zu grünen an. Die ersten Knospen sprangen auf. Der Frühling zog ins Land.

Als Bruno eines Tages heimkam, fiel ihm an der Wally plötzlich etwas auf. Sie lachte manchmal so heimlich und rätselhaft vor sich hin, als hätte sie etwas Freudiges vor ihm zu verbergen.

Er beobachtete sie eine ganze Weile – und dann stellte er sie doch einmal zur Rede.

»Ich hab es schon länger geahnt, aber seit ein paar Tagen weiß ich es sicher«, sagte sie. »Unser Peter wird einen Bruder oder eine Schwester bekommen.«

»Wally! Ist das wahr?«

»Es ist wahr. Und bin ja so froh darüber, Bruno. Wir brauchen noch mehr Nachwuchs! Der Hof ist da, die Säge – und was soll einmal aus dem Fallmüllerhof werden, wenn der Vater nicht mehr lebt?«

»Richtig, Wally – wir brauchen mindestens ein halbes Dutzend Buben!«, erwiderte er fröhlich. Er schloss sie in seine Arme und küsste sie.

»Der Beste von ihnen wird dann einmal Falkenhofer sein«, sagte sie lachend. »Den Zweitbesten schicken wir hinüber zum Fallmüller!«

»Und wie soll nach deiner Meinung der Beste beschaffen sein?«

»So wie du!«

Die freudige Überraschung stimmte Bruno für den ganzen Tag heiter und beschwingt, und als er später das Haus verließ, um zur Gemeinderatssitzung zu gehen, gab er seiner Frau einen herzhaften Kuss, ohne sich darum zu kümmern, wer ihnen dabei zuschaute.

»Bist halt immer noch der gleiche ungestüme Falkenbub!«, sagte die Paula.

»Und du die gleiche Paula, die immer alles genau sehen und kommentieren muss, was der Bruno tut! Aber wissen tust du doch nicht alles«, erwiderte er lachend und verließ das Haus, wohl wissend, dass sie nun keine Ruhe haben würde, bis sie herausgefunden hatte, was es war, das ihr entgangen war, so dass zwar der Bruno es wusste, sie selbst aber nicht.

Es war schon dunkel, als er auf das Dorf zuging. Von den Höhen schimmerten die Lichter der Einöden; im Dorf unten schlug die Kirchenuhr die volle Stunde.

Bruno ging die Straße entlang, in tiefe Gedanken versunken. So, wie ihm die Einzelheiten aus seinem Leben einfielen, so reihte er sie kunterbunt aneinander – die Freuden, das Leid, Gewinn und Verlust. Alles passte harmonisch zusammen; es war das Leben eines Bergbauern mit Arbeit und Sorgen, mit den kleinen Freuden und großen Plänen, mit Kämpfen und Verzichten.

Ja, verzichten. Wie hart war ihn der Gedanke an den Verzicht auf Luzie angekommen. Was für Anfechtungen hatte er immer wieder in sich niedergerungen. Und jetzt erwartete seine Wally bereits das zweite Kind, und er konnte sich mit reinem Gewissen darauf freuen. Er schaute hinauf zur Kreuzalpspitze, dorthin, wo die Hütte lag, aber er sah nur die gewaltige steinerne Bergkette in den nachtdunklen Himmel ragen, schwarz und schweigend, eine Silhouette von gigantischer Größe.

Bruno betrat die Amtsstube des Gemeindehauses. Es war ein kahler Raum mit einem großen Tisch und einigen Wandregalen, in denen die Registratur untergebracht war, der Raum, wo der Gemeinderat tagte.

Der Gemeinderat von Hochwies hatte nur vier Mitglieder, alles angesehene, gesetzte Männer. Bruno war der jüngste unter ihnen.

Doch das Wort des Falken-Bruno hatte darum nicht weniger Gewicht als das der anderen. Im Gegenteil, er galt als ein kluger, mutiger Mann, und er war auch bekannt für seinen Gerechtigkeitssinn.

Diesmal ging es zunächst um die Pachterneuerung der Gemeindejagd. Da niemand gegen das großzügige Angebot des Jagdherrn etwas vorzubringen wusste, konnte die Sache alsbald zu den Akten gelegt werden.

Etwas hitziger ging es zu, als der Falkenhofer einige Vorschläge zur Erweiterung des Tourismus zur Debatte stellte.

Viele kleine Bauern waren längst auf die Einnahmen angewiesen, die sie durch die Vermietung von Zimmern erzielen konnten. Doch die Gemeinde hatte bislang nur wenig getan, um den Urlaubern neben der schönen Landschaft etwas zu bieten, sondern alle Freizeitangebote gingen bislang auf private Initiativen zurück.

Bruno stellte nun zur Diskussion, eine Bademöglichkeit zu schaffen, indem man das Wasser des Wildbachs staute und so einen Badesee gewann, der zweifellos auch von den jungen Leuten im Dorf gerne genutzt werden würde. Dort sollte dann auch eine kleine Vesperwirtschaft gebaut werden, bei der sich die Badegäste mit Essen und Getränken versorgen konnten. Weiter plädierte er für eine Sanierung der Straße, die arg holprig war und über die sich schon so mancher angereiste Urlauber bitter beklagt hatte. Und dann schlug er noch vor, Veranstaltungen für die Urlauber anzubieten, etwa folkloristische Abende oder auch Kurse in traditionellem Handwerk. Und alle privaten wie von der Gemeinde angebotenen Freizeitangebote sollten in einem gemeinsamen Prospekt zusammengefasst und dieser kostenlos an Feriengäste ausgegeben werden. Ebenso sollte ein Unterkunftsverzeichnis des Dorfes erstellt und durch Inserate in Zeitungen Werbung für den Urlaubsort gemacht werden.

Das alles würde Geld kosten und die Gemeindekasse nicht unerheblich belasten. Es gab also Stimmen, die sich sehr deutlich dagegen aussprachen.

Aber da stand der Bruno auf und erinnerte seine Kollegen an sein eigenes Beispiel: »Man hat mir damals den Konkurs prophezeit, als ich meine alte Säge abbrach und auf Kredit ein neues Werk aufbaute. Ich habe aber keine Angst um meine Zukunft gehabt, denn ich wusste, dass sich das investierte Geld hundertfach auszahlen würde. Und heute liefere ich mein geschnittenes Holz bis in die Städte!«

»Der Fallmüller!«, sagte eine Stimme bedeutungsvoll.

»Der Fallmüller? Nein, das Geld des Fallmüllers habe ich nicht gebraucht. Das Darlehen war schon fast zur Hälfte abbezahlt, als ich auf Bitten meines damals künftigen Schwiegervaters, der keinen Mann mit Bankschulden als Schwiegersohn haben wollte ...« – an dieser Stelle schmunzelten die Umsitzenden – »... das Erbteil meines Vaters dazu verwendet habe, um den Rest auf einmal zu bezahlen. Im Übrigen wollte ich ihm dieses Geld eigentlich wieder zurückzahlen, als ich Bauer auf dem Falkenhof werden sollte. Aber, etwas ganz anderes, der Fallmüller hat sich jetzt erboten, sich mit einer ziemlich bedeutenden Summe an einem Fonds für den Ausbau des Tourismus zu beteiligen. Wer will da noch an der Rentabilität dieser Investition zweifeln?«

Wenn der Fallmüller sein Geld dafür einsetzte, dann konnte man allerdings daran glauben, dass sich die Ausgaben rentieren würden – denn der Fallmüller hatte ein untrügliches Gespür für rentable Geschäfte und noch nie einen Verlust erlitten, wenn er sein Geld für eine Sache eingesetzt hatte.

»Es wird allen zugute kommen«, versicherte Bruno, »den Großen und den Kleinen, dem ganzen Dorf!« Die Abstimmung ergab ein einstimmiges Ja.

Als Bruno nach dieser hitzigen Debatte mit der Genugtuung heimging, den Sieg über die Zweifler davongetragen zu haben, fing er bereits an, die Pläne im Einzelnen durchzudenken.

Auch Richard von der Kreuzalphütte sollte an den Änderungen beteiligt werden. Wenn er sein Haus so ausbaute, dass er eine viel größere Zahl von Gästen bewirten konnte als bisher, würde er auch ein viel besseres Geschäft machen. Freilich – zunächst musste dann der Weg an der Klamm hinauf neu gebaut werden; dann würde die Kreuzalphütte, schon jetzt ein beliebtes Ausflugsziel, eine große Zukunft haben.

Wind kam auf; hinter den Bergen stieg schwarzes Wettergewölk auf. Würde es Regen geben? Dann musste in den Bergen nochmals Schnee fallen. Vielleicht fegte bereits jetzt ein Schneesturm über das steinerne Gewänd.

Der Falkenhof war dunkel. Als Bruno zum Haus kam, blitzte in der Schlafstube Licht auf. Die Wally hatte ihn also gehört.

Bruno ging in die Stube und zog die Stiefel aus; dann warf er die Joppe ab und setzte sich an den Tisch. Es war noch nicht spät, und er spürte keine Müdigkeit. Man konnte also noch ein wenig nachdenken in der Stille des Hauses.

Über der Decke hörte er Schritte von nackten Füßen.

Wally war also doch aufgestanden. Vielleicht kam sie herab in die Stube, dann konnten sie miteinander noch etwas plaudern.

Er wartete – aber Wally kam nicht.

Später ging er leise zum Söller hinauf und schaute noch einmal, wie es seine Gewohnheit war, zum Gebirge empor.

Der Himmel hatte sich verdüstert, und die Berge waren von Wolken verdeckt. Sicher tobte jetzt dort oben ein Schneesturm; er spürte es, denn er hatte ein besonderes Gefühl dafür.

Und da zuckte auf der Höhe der Kreuzalpspitze plötzlich ein Licht auf; es erlosch und kam wieder, wurde größer und heller.

Also doch! Das war das Notsignal von der Kreuzalphütte – ein Hilferuf!

Bruno ging zu der Kammer, wo der Geyer-Franz schlief, und klopfte heftig an die Tür.

Eine verschlafene Stimme brummte etwas zur Antwort.

»Franz, steh auf! Wir müssen auf den Berg! Das Notlicht brennt!«

Bruno lief eilig in die Stube hinunter und machte sich fertig. Dann ging er hinaus.

Der Geyer-Franz stand draußen, aber er war nur notdürftig angekleidet; der Wind blies in sein Haar und zerrte daran.

»Was ist? Warum machst du dich nicht fertig!«, rief Bruno und deutete auf das Licht.

»Das ist kein Notlicht«, sagte der Franz.

»Was soll es denn sonst sein?«

Der Geyer-Franz zuckte die Achseln und ging ins Haus zurück.

»Frag deine Frau«, sagte er – und ohne sich weiter um Bruno zu kümmern, suchte er seine Kammer auf, um sich wieder hinzulegen.

»He, Franz!«, rief Bruno ihm nach.

Aber der Geyer-Franz schlug eben bereits seine Kammertür zu.

›Frag deine Frau‹ – was hatte das zu bedeuten?

Bruno stand einen Augenblick bestürzt da. Dann lief er die Stiege hinauf, um Wally zu fragen, was der Geyer-Franz mit seinen seltsamen Worten gemeint hatte.

Er trat ein und sah am dunklen Fenster die Gestalt seiner Frau; sie schaute hinauf zum Berg, auf das zuckende Licht.

»Du bist auf? Und so im Dunkeln? Was ist denn los? Was hat es mit dem Licht dort oben auf sich, wenn es kein Notlicht sein soll?«

Wally zündete das Licht an.

»Warte einen Moment!«, sagte sie ruhig. Sie ging zu ihrem Nachttisch, zog die Schublade heraus und entnahm ihr einen verschlossenen Brief.

»Was du da oben gesehen hast, ist kein Notlicht, Bruno, sondern ein Abschiedgruß vom Kreuzalphaus.«

»Ein Abschiedsgruß?«

»Sei mir nicht böse, Bruno – ich habe mein Wort halten müssen. Als dich damals die Luzie hinaufgeholt hat zu deinem Bruder, da hat sie mir diesen Brief gegeben, und ich musste ihr versprechen, dir nichts zu sagen, bis zum heutigen Abend. Jetzt brennt das Licht, und das, hat sie gesagt, soll das Zeichen sein, dass ich dir den Brief zum Lesen geben darf.«

Verwirrt nahm Bruno den Brief entgegen, und er öffnete den Umschlag, ohne den Blick von Wallys Gesicht abzuwenden. Dann begann er zu lesen – zuerst stumm – aber allmählich sprach er in steigernder Erregung die Worte laut mit:

»... Richard und ich verlassen heute das Kreuzalphaus und kehren heim in unser Tannheimertal. Ich will gern zurückdenken an die vielen schönen Tage, die ich zusammen mit dir in Fels und Schnee deiner Berge verleben durfte.

Mehr hat uns das Schicksal nicht bestimmt.

Aber es hat zum Schluss alles viel klüger und gütiger gefügt, als wir beide es vermocht hätten.

Sei mir nicht böse, dass ich dir unsere geplante Abreise bis zum Schluss verheimlicht habe. Ich war der Meinung, es sei besser so.

Auch Richard lässt dich herzlich grüßen! Behüt dich Gott, Alpenkönig!

Luzie«

»Behüt dich Gott, Luzie«, sagte Bruno leise und legte den Brief beiseite.

Es war lange still in der Kammer.

Dann schaute Bruno auf und richtete den Blick auf seine Frau.

»Wally!«, sagte er und streckte beide Arme nach ihr aus. Sie trat zu ihm hin, und er drückte sie an sich. Einige Zeit standen sie schweigend so da, doch schließlich lösten sie sich aus ihrer innigen Umarmung, kleideten sich aus und begaben sich zu Bett. Bevor sie einschliefen, wandten sich ihre Blicke, wie jeden Abend, noch einmal dem kleinen Kinderbett zu, in dem ihr Peterle in friedlichem Schlummer lag.